JN144020

もくじ

串田孫一　緑の色鉛筆

分解掃除

小さいころから欲しいと思いながら、ついつい買いそびれているものがある。改めて考えて見ても思い出せないが、それが並んでいる店先を通ると、ああ、あれをまだ持っていない、買おうかしらと立ちどまってみるが、今でなくても、いつでも買えると思ってまたそのましばらく忘れてしまう。

そういうものの一つに、小さいドライバーがあった。それを最近買った。六本一組になっていて、時計の修理にも使えるし、ともかく便利な道具である。別段高くもないこんないいものを、どうしてこれまで所有していなかったのだろう。それに第一、机の上にこれが置いてあるだけでうれしい。

私ももちろん何種類かのねじ回しは道具箱の中に持っているが、この小さいねじ回しの箱に入ったセットは、道具箱に入れるものではなく、やはり机の上に置いておきたい。

　子供が、鳴らなくなった、止まって仕方がないと言ってお払いばこにした目覚時計が、私の部屋の戸だなに入れてあるのを思い出して、この分解掃除をはじめた。前にもやろうとしたことがあったが、結局小さいねじ回しがなかったために、かんじんなところがはずせずに、そのままになっていた。

　私は、自分の指先が、子供のころはもう少し器用だったはずだと思ったり、はずしたねじを失わないように用心して、箱の蓋に慎重に並べながら、時計をついにばらばらにした。目覚時計は特殊な腕時計などと違って、手に負えないほど細かいところもないし、油で洗うようなことまでしなくとも、たまっていたほこりや、ややねっとりしたごみを絵筆の穂先で取りのぞけばよかった。組み立ててねじをまくと、時計はまことにすなおに動き出した。

　要領がわかったので続けてもう一つの目覚も直し、それにたっぷり半日はかかってしまったけれど、久し振りに何かをやったという気分でうれしく、私は分解している時には我慢していた煙草(たばこ)をすいながら、にぎやかな音をたてて動いている時計をながめていた。

再生。そう、そのままにしておけばくず屋へやってしまったかも知れないこの時計が、これからまた当分役に立ってくれる。これは私の満足と同時に、ふたつの時計にも満足してもらわなければならない。

ところが私は少し不安になって来た。ふたたび動き出したというより、動かされてしまった時計は、こうしてすなおに音を立てているけれど、彼らにしてみれば、二度目のつとめをさせられることが、つらいのかも知れない。よけいなことをするものだと、私が部屋を出て行ったあとで、時計はうらみをもらしているのかも知れない。永遠のねむりについているものと思っていたのに、なんでまたおせっかいなことを……。

修理をした以上、その時計をまくのを忘れるようなことがあってはならない。そして一日十分の進みを整えてやるためにも、当分は注意を怠ってはならない。そして正確に時を示し、ベルを鳴らすようになれば、時計もまたうらむ気持を忘れて、ある満足を味わってくれるだろう。これもまた勝手な人間が考えることだが、時計は動き続けている。

今度は双眼鏡の分解掃除をはじめた。これは前に一度やったことがあるが、小さいねじをとるのに、小刀の先を使ったりして苦労したのを覚えている。それが、道具のおかげで簡単に出来る。レンズの曇りをとるのに少々手間がかかったが、掃除をして組み立てると実に気持がいい。

ほかに何か直すものはあるまいか。

私は自分の体を一度分解掃除してみたいと思うが、私の体には、時計や双眼鏡のように、ねじが使ってあるところがない。この道具では出来ない。止(や)むを得ない。古びるままにして置こう。

（一九六四年　四九歳）

食べる姿

人間が何か食べている姿をそれとなく見ているうちに、突然おかしな気持になって来ることが時々ある。人間が生きて行く上には、何か口に入れてもぐもぐやった末に、ぐびり、どろりとのみ込む必要があることは知っているつもりだが、その当然のことをやっている恰好がどうにもおかしくなるのは、どうもこっちの方が少々おかしいのかも知れない。

朝早い時刻に、まだそれほど込み合わない前の電車で都心に出かけることが月に二、三度あるが、窓から見ていると、方々の家で朝の食事をしているのが見える。双眼鏡を携えていれば、朝のおかずが何かも見えるかも知れないが、朝から鰻丼だのビーフステーキをがつがつ食べている人は、電車の窓から見える限りのところでは見当らないようである。

そのおかずが私には問題ではなく、丸や四角の食卓を囲んで、あぐらをかいたり、きちんと坐ったりして食べている様子が、滑稽でもあるし、いじらしくもあるし、妙に寂しい風景に見えたりする。

一家揃(そろ)ってよろこぶような嬉しいことでもあって、この朝の食事をたのしんでいる家もあろうけれど、ねむいのに起こされて、不機嫌な顔を寄せ合って食べている人たちもいるだろう。これから夏になると方々の窓が大きく開かれるから、家の中をわざとのぞくわけではないけれど、ちらっと見えた、よその家族の様子から、いろいろ想像をめぐらして、それで結局わが身に戻るという、そういう機会がふえる。

夕方の電車からも同じような風景が見られ、人間はそれぞれずいぶん違った生活をしているようではあるが、夜になるとこうして家族集って食事をしている。どうもそれがいじらしく感じられて仕方がない。そして家に戻れば自分たち家族も、全部揃うことはまれでも、ともかくいるものは集って食べる。お客さんが来ていればその人も仲間に入る。

汁をのみそこなってむせたり、汁をのまないために胸につかえてしゃっくりが出はじめたり、魚の骨を喉にたてて鏡に向って大きな口をあけなければならなくなったり、からいピーマンにぶつかって悲鳴をあげたり、あわてて舌を噛んだり、全員事なく食事をすませるのも、考えてみれば容易なことではない。

＊

ほかのことにしても私の記憶はあまりあてにならないと言われているが、それほど忘れっぽい方ではない。ところが食べものに関しては、忘れるというよりも記憶のところまで来ないうちに消えてしまうのか、どこでどんなものを食べたか、さっぱり覚えていない。

食べものの雑誌であなたの文章を読むと、いつも東北の野蒜（のびる）の話ばかり書いているが、どういうんです？　と私に言った人がいる。どういうんです？　と言われたって答えようがない。野蒜、そこでは「ひるこ」と言っているが、これは忘れない。何しろ雪解けのころ、食べるものがなくなって、毎日毎日これを一日中摘んで、朝昼晩食べていたのだから、いくら食べものに関する記憶があやしいと言っても、この味は体中にしみ込んでいる。

牛鍋とか、にぎり飯にたくあんとか、ごたごたと食卓に並ばない時には、次の食事のころまでは覚えているが、たまによそで御馳走になり、目の前に賑（にぎや）かに並んでしまうと、食べている最中から忘れる。平らげた皿の上に何があったかも想い出せないことがあるのだからいやになってしまう。

そのかわり何を食べさせられても文句を言わないつもりである。それはあたり前である。

それでも食べながら少々薄気味が悪いぞと思ったものはさすがに覚えている。黒部の谷のうちの小黒部谷に入って劔岳（つるぎだけ）の方へ行った時に、その小黒部谷で夜営の時、川原のわきの藪（やぶ）をのそのそ歩いていた蟇（がまがえる）をつかまえて、火あぶりにして食べた。脚の筋肉は、小鳥の肉のような味だと思って食べたが、あとは妙な匂いがした。これを食べないと生きていられないというのなら、話は別だが、面白半分の試食だから、こっちの気持もびくびくしていたのだろう。

別の時だがなまずをつかまえて来たものがいて、それを食べた。仲間に既に経験者がいて、卵がうまいというのでそれを焼いたが、緑の毒々しい色が胃袋に入ってから恐ろしい作用を及ぼして、がたがた地震のようにふるえるのではないかと思った。だがその緑の鮮やかな卵も焼くと褐色になった。気味が悪いので味など何も分らなかった。

そのほかは馬のはらわたぐらいで、大して変わったものを食べた覚えはない。知らずに食べさせられているかも知れないが、これはどうにもならない。

＊

ごく小さいころは、行儀が悪いからというわけではなかったとは思うが、お客さんがみえて食事をする時には、私は別のところで食べさせられた。これはいやなことでもなかったし、お客さんに出す御馳走は私のものとは違うらしいことは見当がついても、それを特にほしがる気持はなかった。却ってお客の前で、行儀を悪くするなと言いふくめられて、窮屈な気分で食事をすることを考えるとありがたかった。

やや大きくなると、知っているお客さんの時には一緒に食卓につくことになった。食事をしながら、直接自分には関係のないようなことでも、珍しい話がきけるのはたのしみだった。

海軍の軍人さんで、位はずいぶん上の人だったらしいが、決して軍服などは着ないで、いつも和服姿で来る人がいた。この人は軍服を着ていないように、決して勇ましい話などはしないで、薬になる食べものの話をいつもしていた。一つ一つ覚えている筈もないが、薬草に凝っていたのだろう。その人にすすめられて、体の調子のいつもよくなかった母は、煎じ薬のようなものを飲んでいたようだった。そのことは医者にかくしていて、医者からはまた別の薬をもらって呑んでいたが、私は何も分らないけれど、二つの薬が胃の中に入ってから思いがけない作用を起して、そのために餘計ひどい腹痛がはじまるのではないかと気になった。

これは、食べ合わせのことではかなり神経を使っていたらしい母にしてはおかしなことで、薬が二つ、腹の中でぶつかり合ったら、それこそひどいだろうのにと私は心配していたが、どっちも効かなかったのか、そのための事件は起らなかった。

食べ合わせのことは、その根拠は分らないが、古い節用集などにはよく出ている。大体同じようなことだが、例えば、「倭漢節用無雙囊」[1]（筆者は蘆田鈍永、図画は大森披雲）の中の「食物相反（くいあわせ）の事」にはこんなことが出ている。

どぶろくに甘いもの。酒のあとにくるみ。ぶどう棚の下で酒を呑むべからず。雉（きじ）にくるみ、鴨にくるみ、鯉にあずき、ふなにあめ、鯰（なまず）にたで、あめに筍（たけのこ）、柿にかに、栗に生肉、麵類になつめ、どじょうにとろろ、そばに西瓜（すいか）。

まだまだ一緒に食べてはならないものがいっぱい書いてあるが、例えばぶどう棚の下で酒を呑むとどういう事件がおこるのか、ぶどう酒以外の酒に対して、ぶどうがどんな怒り方をするのか、これはちょっと面白い実験になりそうである。

*

ところで食べ合わせへとそれてしまったけれど、実はいろいろなお客さんが来て一緒に食事をする時のもう一つのひそかなたのしみは、よその人の食べ方が、家族のものの食べ方とどことなく違って、それを子供のころ、上目使いにのぞき見て、こっそり観察するのが何ともおもしろくて仕方がなかった。

同じ人間が、同じようなものを食べるのだから、大して違いがあろう筈はないのだが、太ったKさんは、沢山食べるのに少しずつしか口に入れなかったり、O先生はぱくぱくと音を立て、何を食べるのにも池の鯉が麸を追いかける時の様子を思い出させるし、普段からすっぱいような顔をしているS子さんに、何とかして夏蜜柑を食べてもらいたいと思っていたところ、やっと願いが叶った時、別段普段と変わった顔にならなかったり、まことにおもしろい。

こんな人の悪い観察を今もひそかに楽しんでいると言ったら、一緒に食事をするのはいやだと断わられるかも知れないが、私の食べ方も誰かに観察されているに違いないのだから、お互いさまである。

三ヵ所に入れ歯のある私は、健全な人の食べ方はしていないだろうし、老眼鏡をかけて魚をむしろうとすると、むしってあげますと女房に取りあげられるのは、食卓について老眼鏡をかけられるのが、あまりいい感じではないからなのだろう。

今夜はI君が来る。この前、私のところで一緒に食事をした時、とんがらしのひどくからいのがあった。やめた方がいいぞというのに、I君は、おれはからいのは平気なんだと言って、鼻の頭にぷつぷつと汗をかき強情にもからいと言わなかった。子供たちもそれを大層よろこんだ。

いつもなら用をたのむとふくれる子供も、今夜I君が来るから、明治屋へ行ってタバスコを買って来てくれないかと言うと、よしきたと自転車で出かけて行った。食事によんでおいて、いじめるようなものである。

（一九六五年　五〇歳）

顔

顔というものは妙なものである。顔を大切にしたり極度に気にしたりするのは人間だけのことなのか、ほかの動物でもそういう意識があるのか、ともかく奇妙なものである。

庭を通りすぎて行く猫のうちで、鼻の周辺の黒いのがいる。私もそう思わないこともないが、それを見るとみんな気の毒にという。それからそれが猫であるから笑う、もし人間だったら、気の毒だと思ってもそれをすぐには口に出さない。見て見ぬふりをする。

若いころは私たちの顔にもよくにきびができた。不潔にしているからだといわれたが、もちろんそればかりではない。そのにきびの大きさとできる場所によって、それがなおるまでの数日、不愉快な思いをした記憶がある、単に不愉快であるだけでなしに、物の考え方が変わった。そしてそれにつれて行動も鈍ったようである。

男でも女でも、りっぱな顔、かわいい子供っぽい顔、あまりよくない方でもいろいろと、だれいうとなく決められている。ところがそういう水準などがつねに頭にあって、自分はどのていどの顔だと思いながら生きていたらやり切れないので、自分はいいか悪いかは別として、ともかくこういう顔でどうにもならないのだというところに結局は落ちついている。

他人の顔をじっと見ていられる人と心にやましいことが何もなくても、他人の顔を見つめられない人といる。私もなんだか悪いようで、ちらちらと見る方だと思うが、テレビを見ることによってだいぶ他人の顔を見る練習ができたように思う。そして顔というものがますます奇妙なものだと思うようになった。

雪の山で遭難し、方々に凍傷を負い、ヘリコプターで救われた女の友人が、病院から出てしばらくしてやってきた。両耳をおおい、髪の毛がぬけているからといって帽子をとらなかったが、顔のつやがよく、見ちがえるようにその肌がきれいになった。

ばかにきれいに見えるけどというと、そりゃあそうですよ、五回も顔の皮がむけたんですもの、という。顔の皮がふつう何枚あるのか知らないが、それまで下の方にあった新しい皮が出てくるのだから、少なくもそれがまたよごれるまではきれいなはずである。

女の人たちは化粧や美顔美容にずいぶん苦しいおもいをする場合もあるそうだが、顔にドライアイスのようなものをくっつけて、凍傷をおこさせ、皮を何枚かむいて美しくなるという、そんな方法もあるのだそうである。その友人は、平素そんなばかげたことをする人ではないが、遭難をしてはからずも美顔術をほどこしてしまったことになる。

それ以来会っていないが、この次に会ったら、顔がきれいになってなにかいいことでもあったかと、失礼なことをたずねてみなければならない。

（一九六五年　五〇歳）

命を削る鉋

漁村を通り過ぎて暫く磯伝いに歩いて来た時、もういい加減歳を取った漁師が、漕いで来た小舟から小さな錨を投げ込むのが近くに見えた。潮眼鏡をかけて静かに海に入ると、ほんの僅かの間、顔を水面につけて泳いでいたかと思うと、繁吹などは立てずに潜って行った。鮑か常節を採っていたのだろうが、それよりも彼の潜水時間の長さに呆れ、はらはらして来るのだった。そして息を整えるのにも然程に大袈裟な嘯嘆きを聞かせず、その潜水を何回も繰返していた。

これは遠く去った夏の想い出であるが、最近著者から贈られた藤田博史さんの『人間という症候』を読んでいる時にこの記憶が甦った。一九八八年に作られたリュック・ベッソン監督の映画「グラン・ブルー」のことが書かれていたからである。そしてこの映画の主人公のモデルであるジャック・マイヨールの『イルカ人間』はまだ読んでいないが、そこには無呼吸apnéeについて書かれた章がある。人間がイルカになろうとするには、先ず息を長く止めていられるようになることである。更に藤田さんは「欲動断念」という言葉を使って、鯨(くじら)やイルカは呼吸を止めて生の欲動を調節し、人間は話すことに拠って、不完全ながらこれを行っている、と書いている。

＊

私は少し前から、人間が意識的に、或いは、無意識に洩らしている溜息(ためいき)が気になっていた。まだすっきりした気持にはなっていない。私の疑問は極く簡単な説明で解決してしまう場合も多いので、先ず平凡社の『大百科事典』を取り出した。ところが「溜息」という項目はなく、念のために索引で探すと「欠伸(あくび)」の項を見るように指示されている。

読んでみると理解しにくいようなことは殆どない。自分でもそれは繰返し経験していることだし、他人の欠伸やそれと餘り違いのない他の動物の欠伸も見る機会が多い。全身の伸筋の収縮、また生まれて間もない幼児の欠伸も、さまざまの刺戟(しげき)に対しての生物体としての応答の一種であることも判る。成人は眠気を感じた時、眠りが足りずに目が覚めてしまった時、心身が疲労している時、退屈した時に欠伸が出るのはすべて経験している。更に、脳出血、脳腫瘍、脳炎などは未経験の筈ではあるが、それらの患者がよく欠伸をすることも何となく判る。また欠伸が伝染することは、アリストテレスの antikhasmontai（河野與一氏はこれを「あくび返す」と訳された）という言葉で教えられる前からよく知っている。何故そういう現象が起るかについての説明は別として。

ところが事典には「あくびを起こす刺戟が弱い場合に起こる小さなあくびが〈ためいき〉であると考えられている」とあり、私が求めていたことに対してはこれだけしか述べられていない。何か私が見当違いの疑問の抱き方をしているのだろう。この事典の編纂者は、私が最も信頼している友人である。問合せるのは簡単であるが、早まってはならない。

＊

他の事典類に拠って調べながら、何も秘密に調査をしている訳ではないので、質ねてみるのに相応しい人に会うと、百科事典からの書き写しを示しながら、これをそれとなく話題にした。

すると欠伸と溜息とは全く別だという意見が圧倒的に多く、それぞれの人が思い附きでその説明を加えることもあった。何れも経験済みのことであり、恐らく生きている限り欠伸や溜息から卒業することもあるまいから、なかなか雄辯であり、溜息はねむい時とは関係がなく、素晴らしい風景や藝術作品を見た時の溜息は絶対に睡魔に操られているとは言えない、と言う人もいた。

また、「溜息は命を削る鉋かな」と言って、矢鱈に「つく」ものではない。心掛け次第でどんなに落胆するようなことに出会っても澄ましていられるが、欠伸はそれを「嚙み殺す」のに骨が折れ、表情で見破られてしまう。

然し、事典から抜いて書いたところにも「……と考えられている」となっているし、その生理学上の意味や、それに関聯しているらしい神経回路の研究には多くの疑問が残されていることも、欠伸の項目の執筆者の表現の仕方で推察が出来る。

ところで私は身近にある主としてフランス語の辞典、百科事典、レオン・クレダの語源辞典などで、溜息（soupir）の項目を読んだ。リットレ〔フランス語辞典〕では、肉体の或る種の苦痛、または心の動揺に拠って起る、平常より強く長い息という説明であったが、詩的にこの言葉を使った場合には、風や笛の音も soupir であると書かれている。ヴェルレーヌの「ギオロン」もこのようにして溜息となって日本にも広がった訳である。また、ジェラール・フィリップに死別した妻アンヌが書いた本の書名は『ためいきのとき』(Le temps d'un soupir) である。また辞典であるから音符の四分休止としてこの言葉が使われることも書いてあった。

ラルス百科事典(1)の生理学上の説明は、感動した時の筋肉、横隔膜の運動などについての説明があり、この溜息と、呼吸困難になった場合の深い息とを混同しないようにという注意も加えられている。

少々古いものになるが『百科全書(アンシクロペディ)』(2)の第三十一巻には soupir が項目として出ていて、執筆者はディドロと、医学、生理学その他の部門の執筆をしているジョクールである。

先(ま)ず soupir の類義語として、sanglot (啜(すす)り泣き) gémissement (嘆き) cri plaintif (悲しげな叫び) を挙げ、何れも心の苦悩を表現したものではあるが、生理学上の説明がそれぞれ異(こと)なるので、その一つ一つについて説明する、ということになる。

然しそれをここに紹介すると可なり長くなるし、私が今考えている溜息よりも激しい心の苦しみ、痛みが述べられている。身慄いを烈しく感じ、内面から締めつけられ、横隔膜の動きは肺臓を圧迫し、それを押し上げる……などという記述が連続する。

　この説明が現在の生理学や医学にどの程度通用するものを持っているか、また当時の『百科全書』を利用して知識を豊かにしようと思っていた人にどれ程役立ったかを見極めるのは容易ではない。

*

　私は専門家が使っている筈の医学事典の類を殆ど知らないので、医学を勉強し続けている友人に、「溜息」についてどんなことが書いてあるかを質問した。その返事に、医学事典にはないが看護学事典に、ほんの数行、患者が頻りに欠伸をする時の心得が述べられているだけだ、ということであった。その理由を彼に喋らせずに、自分で考えてみることにした。

　昔、重要とされていた事柄で、現在では殆ど学問上では問題にされていないことは幾らでもある訳で、溜息もその一つかも知れない。それと、欧米の人達のさまざまの身振りや表情などを私達から見ていると大袈裟な印象を与える場合が屢々あって、溜息を怺えたり隠したりせず、それを咎めもしなかったような気がした。だが、私の友人で子供の頃に米国人のところへ英語を習いに通っていた者がいるが、勉強がいやだった訳ではなく、何となく小さな溜息をついた時、それを厳しく注意された、と話していた。だからこういう推測はこっそり考えるだけに止めて置いた方がいい。

それに、言葉の上からだけ言うなら、中国には古く『楚辞』(3)にも「長大息以掩涕兮」などと出て来るし、管子の「桓公惕然大息」(4)も列子の「公儀伯長息退席」(5)も堂々とした溜息である。なお漢和辞典で探せば、喟然、喟爾、長嘆、永嘆などと溜息を表現する言葉は多い。

*

イタリアへ遊びがてら行くけれども何か欲しいものがあればお土産にする、と友人が言う。ベネツィアへも行くと聞いたので、買い物は要らないから、溜息橋 ponte dei sospiri の写真を撮って来て呉れないかと頼んだ。ベネツィアを舞台にした文学作品にもよく出て来るし、本の挿絵でなら何度か見ている。サミュエル・プラウトのこの橋を描いた絵は日本で展示されたことがあるので知っている。橋と言っても建物と建物とを繋ぐ立派な渡り廊下のようなものであるが、その下をゴンドラなどが行き交っている。有罪の判決を受けた罪人達が、溜息をつきながらこれを渡って向いの建物に行き、牢獄生活に入る。

送られて来た写真を見ると、百数十年前に描かれた絵とそっくりで建物の模様替えなども殆ど見当らない。それればかりでなく彼は苦労してその牢獄の内部の写真も撮って来て呉れた。こんな石を敷き詰めた部屋に何年も生きていなければならないとなれば、溜息は止むを得ないと思った。

その写真を見てから、方々に飼われている犬の気持が気に懸り出した。食べものを探し歩く心配はなく、散歩にも連れて行って貰って、考えようによっては呑気で羨しい身分だと思う人もいるかも知れないが、兎に角鎖に繋がれた生活である。

それで直ぐ近くにいる獣医さんが往来に立って息抜きをしているので、唐突であったが、犬は溜息をつきますか、と質ねた。すると、首を傾げるかと思っていたのに、即座に溜息はつきますよ、と言った。注射や切開した後、二回目に治療台にのせると、前のことを想い出して、又かというように溜息をつくという話であった。

＊

矢鱈に溜息をつくものではない、親の寿命を縮める、と言われて育った私は、行儀作法の一つとして気を附けて来たが、二、三年前から時々息苦しくなるので、外へ出たり窓を開けて、深呼吸をする習慣を身につけようとしている。

ところがたまたま読んでいた本に、正常な呼吸が時々深い吸気と長い呼気で中断されるのを溜息呼吸と言って、神経病や神経循環無力病に多く認められる、と書いてあった。

何をしようと思っても溜息の種となり、命は次第に削られて行く。（一九九四年　七九歳）

死に到る噦

小学生の頃、それは大正時代であるが、東京を走る市内電車に乗ると、車内での慎む可(べ)きさまざまの心得が、箇条書きになって掲げてあった。その掲示で、嚔(くしゃみ)という漢字を憶(おぼ)えた。嚔は鼻骨を強く押して怺(こら)えられる場合もあるが、それがうまく行かない場合には、紙又は布切などを口にあてて、他人に迷惑を掛けないようにという、身嗜(みだしな)み、または公衆道徳を教えていたのだろう。それを守るか守らないかは別として、親切なものであった。今もそういう掲示が全くない訳ではなく、老人や身体の不自由な人のための席であるという表示は見られるが、その解釈は難しい。

嚔は少年時代に憶えてしまったので忘れることはないが、噦の方は最初の出会いの記憶がない。『正字通(せいじつう)』(1)という書物を直接見た訳ではないが、そこにはこう出ているそうである。「物有リテ聲無キヲ吐ト曰ヒ、聲有リテ物無キヲ噦ト曰ヒ、物有リテ聲アルヲ嘔ト曰フ」。これでそろそろ、「しゃっくり」ではあるまいかという見当がついて来る。

＊

そこで早速想い出すことがある。或る骨董屋での出来事である。五十年程前に、暫く親しく附合っていた友人がいた。今は疎遠になり、何をしているか知らない。この友人が、私も名前だけは知っている骨董屋に勤めることになった。以前から知り合っていたそこの主人が手伝って呉れないかと言うので、どういう契約をしたのか、手伝うことにした、と言っていた。

私は骨董品とは全く縁も興味もないし、彼もそれはよく心得ていたので、決して私に何か品物を薦めるようなことはしなかった。ただ本物と贋物との見当がつけられるようになると面白いものだ、と言っていた。外で会った時にそんな話を聞かされると、私の方から幼稚な問題でも質問をすることはあった。その巧妙な贋物の話は非常に興味があるけれども、別の機会にする。

或る時彼は、如何にも素直そうな少年を連れていた。少年と言っても二十歳は越していたかも知れない。私はその、あどけない行儀のよさに好感を抱いたし、骨董を見る確かな眼と勘を養うのもいいだろうが、何か別の道があるのではないかと、密かに想ってもいた。私もよく出歩いていた頃で、彼を呼び出したのか偶然出会ったのか、二、三回彼と一緒のその少年とも会ったが、にこにこしてこちらの話を聞き、向うから尋ねるようなことは殆どしなかった。

それから友人とも何となく会う機会がなく、二年近く経った時、友人は骨董とは全く関係のなさそうな仕事を想いつき、相談というより意見を聞きに訪ねて来た。その仕事についても此（こ）処（こ）には書く必要はない。ところであの少年はどうしているかと尋ねた時に聞いた話が今は大切である。

その店にとって色々な意味で大切なお客が何人かいるが、そのうちでも最も大事にしなければならない人が或る日訪ねて来た。生憎（あいにく）主人も旅行中だったし、私の友人も取り消しにくい約束があったので、近くの洋食屋に食事の用意をさせた。そして、もう少年と言っては少々気の毒かも知れない彼に、お相手をするように懇々（こんこん）と言って一切を任せた。

そのお客は洋食が好きで、店へ来た時には必ずその近くの小さな西洋料理屋へ立ち寄った。

少年は初めての経験であったし、遠慮などをしないでお相伴に与るように言い含められていた。勿論、滅多にない経験を嬉しくも思ったろうが、緊張も極度に高まっていた。

お客は若い者に話し掛けたりすると、却って窮屈だろうし、黙々と料理を楽しんでいたのだろう。気の毒な若者は黙っている具合の悪さと、何の話をしたらいいのか何も想い浮んで来ないその雰囲気の中で、口に入れた物を呑み込んだ時に、自分でも全く思い掛けなく、嚔が出てしまった。その時お客が何か言ったか、じろりと見たか、誰も居合わせていた訳ではないので一切判らない。

ただ私の想像だと、少年は嚔が始まったら息を止めていると治まる、という知識だけでそれを忠実に行い、意識を失った儘になってしまった。恐らく、そこから病院に運ばれ、応急の手当も受けたのだろうが、息を吹きかえさなかった、ということなのだろう。

*

嚔が直接の原因で命を落とすことがあるのだろうか。それとも、嚔を何とかして怺えようとしてこんなことになったのか。すべて間接の話なので私には解釈も出来ない。

だがそんな滅多に聞いたことのない事件が比較的身近に起こったので、それ以来嚔が気になるようになった。

体の変化については、医学に詳しい者の説明を聞きたくなるのは当然であるが、横隔膜の痙攣によるものだと教えられた時、どうしてそんなことが起こったのか、詰り原因を性急に知りたくなる。すると多分、それは盗み食いをしたからだ、とは言わないだろう。

私も横隔膜を持っているらしいが、自分の眼では確めたことがない。それなら人体の解剖を見せてやろうと言われても躊躇するに違いない。自分の辛うじて保っている平静さが、自分と同じに違いない別の人間の内部構造を見たために覆され、平和に、繕いようもない罅が入ってしまいそうな気がするからである。それを臆病と決めつけることは出来ない。

嚔には奇妙な音声が伴う。それは声門がその時閉ざされるからだ、と教えられる。これには然程恐れない。あの愛嬌のある音は万人に共通したものである。訓練をして、個性的な、しかも美しい音色を聞かせようとしても難しい。ソプラノ歌手の嚔が惚れぼれするように美しかったらどういう結果が生じるだろう。

＊

盗み食い、撮（つま）み食いも含めて、噦を起こす原因はさまざまで、自分自身、こう言う場合に起こし易いということを心得ている人は稀である。食べ物が喉に閊（つか）え易い人は多いかも知れない。それを気遣って、水分の乏しい食べ物を人にすすめる際には、飲み物を添えるのを遅らせないようにする。食べ物を口に入れてがつがつ食べると噎（むせ）る。『倭名類聚抄（わみょうるいじゅしょう）』（2）には病類に「噦噎（えつえつ）」という項があり、「佐久利、逆気也」と説明されている。だが、経験した苦しさから、噦と「むせる」とは別である。

　ところで噦の原因の中には心因性のものもあるということだが、幼児は勿論、大人になっても自分でそれに気附かないことが多い。私は、幼い頃によく噦をしたと言われた。それは何となく憶えているが、他人にもそれと判るような気難しさはなかった筈だし、食事も餘程の空腹の時でなければ、噦が出る程がつがつ食べたとは思えない。然（しか）し幼児の記憶ほど信用出来ないものはない。

　ところが噦も三日続くと死ぬよ、と言われた時の不安は強烈なものであった。無意味に子供を怯えさせて悦ぶ者がいた。ただ、その人はそこまで知っていたかどうかは別として、早急に医師の適切な処置を要する場合がある。それは既にヒポクラテスも忠告をしているし、アウルス・コルネリウス・ケルスス（三四ＢＣ〜四五ＡＤ）も、一四四三年に発見された貴重な医書De re medicinaの中で、噦は肝炎の虞れがある、と述べているようである。矢張り二日も三日も続くようだったら、死に到るものとして放置しない方がいいらしい。

＊

プラトンの『饗宴』は十人以上の人物が登場するが、その中にエリュクシマコスという医者が話の進行を勧めている。アリストパネスが話をする順番だったが、噦が止まらず、これを止めて呉れるか、それが出来ないなら自分の代りに話をして呉れ、と頼む。この時エリュクシマコスが教えた方法は、可なり長い間息を止めていること、それが効果がなければ水で含嗽をすること、それでも続いていたら、何かで鼻を擽って嚔をする。アリストパネスはそれを試み、嚔で噦が見事にとまったのである。

自分が幼少年時代に、突然驚かされて、その効果が覿面であったので、噦をしている者を見掛けると嬉しく、そっと後ろへ廻って大声を立てたり、虫を怖がる女の人には、襟首のところに気味の悪いものが這っているよ、などと脅かしの方法を考えたものだった。

日本の噦を癒す呪いは沢山あって、すべてを拾い出すのは大仕事になるだろうが、聞き憶えのあるものを並べてみる。

冷水を飲むというのは他の国々でも古くから言い伝えられているが、日本の場合は、鼻をつまんでそれを飲み、或いは水の代りに米飯を呑み込む。或いは茶碗に水を満たし、箸を十文字に渡し、順に四箇所からその水を飲む。箸を頭の天辺に逆さに立てる、というのもあるし、掌に柿という文字を書いて、これを呑み込む真似をする。これは『永代大雑書』の中に「救民妙薬」としてさまざまの方法が集められているが、そこに「呃逆の薬」として、「柿のへたを粉にして白湯にて用ゆ又煎じてもよし」とあるから、それを簡略にしたものかも知れない（吃逆を呃逆と書いてある例は他に見られなかった）。

さて終りに『正法眼蔵随聞記』(3)六ノ十六の一部分を読む。「病気というものは、気の持ちようで、変るように思われる。世間で、しゃっくりをする人に、嘘をいって、がっかりするよ

うな事をいってやると、それは嫌なことだと思うものだから、本気になって、そんな筈がない
と言い立てるうちに、気がまぎれて、しゃっくりも止まってしまう。」
　虚言を真に受けて口惜しがるような人を探し、噦を起こさせるのもなかなか難しそうである
が、一度験してみたい。
（一九九六年　八一歳）

一本の螺子

友人を自宅に訪ねると、彼は不機嫌な顔をして苛々(いらいら)している。しかしその不機嫌は私に対するものではない。それは家に入ると直ちに呑込めたのであるが、電気屋が来て暖房器具の修理をしている最中であった。必ず昨日のうちに来てくれるというので安心していたところ、修理に必要な部品が間に合わず、私の訪問と搗合(かちあ)ってしまったという訳だった。

餘程この修理を君に頼もうかと思っていたのだが、いろいろ考えた末に今回は見合わせた、と言いながら彼はやっと笑顔を見せた。いろいろ考えた末に、と言ったが、私としてはそこをもう少し具体的に説明してもらいたかった。

*

と言うのは、彼がこの家を新築して引き移って間もなく、家を見に来ないかと誘われて訪ねた時のことであった。実は再生装置を並べ、レコードで好きな曲を新しい部屋でゆったり聴くのを楽しみにしていたのだが、この辺はどうも電圧が低いらしくて、ターンテーブルの回転が遅く、斑（むら）があって駄目だ、と大変がっかりしていた。そして、電力会社に相談しようと思っている、と言うので、私は螺子（ねじ）廻しを借りて回転盤を外してみることにした。

その時の私には、電圧が低いという彼の言葉には疑問を抱いていたが、それでは何が故障していて、それをどう修理すると回転は正常になるのかという推理などはなかった。ただ、回転盤の裏側にモーターが附いていて、回転の速度の仕組は、それ程複雑なものでないことは知っていたので、ひょっとすると私にも故障の原因が見附けられるかも知れないとは思っていた。

水準器なども使って自分の回転盤を手製の木箱に納めた時の経験が、彼の眼にはかなり大胆にも映ったかも知れない作業を私にさせたのであろう。そしてこの不機嫌な回転盤を箱から取り出すと同時に、箱の隅に一本の太い螺子が落ちているのを見附けたのだった。

不調の原因は電圧ではなくこれだった。モーターを留めている螺子の一本であった。私は残りの三本の螺子をもしっかりと締め、箱に元通りに納めてからこっそりスウィッチを入れると回転には異常がなさそうである。そこで彼がよく聴き慣れているレコードを彼の手でかけさせた。ヘンデルのニ短調のトリオ・ソナタは狂いもなく再生された。

私の、修理とも言えないこの簡単な作業を傍らでずっと見ていた訳ではない彼は目を輝かせた。そしてもし何処の具合が悪かったのかと訊ねられたら、私は勿論そのままを報告するつもりでいたのに、私を修理の天才のように扱うので、説明の機会を失ってしまった。

＊

この修理については、落ちていた螺子一本を偶然見附けただけのことで、電気に関して詳しい知識を持っていたためではない。だから構造も理窟も何も知らない室内温度調節器の故障をもし頼まれたとしても、私には何処をどうしていいかは全く判らないし、螺子釘のようなものをまた発見する確率などは零に等しく、修理を依頼されなかったのは大助かりであった。

私は主人に一応の許可をもらって、庭で修理をしている電気屋の傍へ行って、邪魔でなければ修理の見学をさせてもらいたい、と言った。すると彼は、見ていればすぐ判るが、これは修理というものではない、これとこれとをただそっくり交換しているだけなのだ、と言った。これとこれという部品の名称を多分忘れるだろうと思って私は手帳に書き留めた。室外機の基板と、パワー・トランジスター。

その基板の何処がどう故障しているのかは判らない、基板を交換すると、パワー・トランジスターも近いうちに必ず故障するので、同時に取換えてしまうことになっている。六十前後に見えたその電気屋は、これは修理というものではなく、一度見ていれば、別に器用不器用の区別などなく、誰にでも出来る交換だとはっきり言った。細かい修理が面倒であるから、大きな部品をそっくり取換えるというのではなく、この部品の内部をあけて何が故障していたのかを簡単には調べられないように作られている。基板の故障部分をどうやって探し出すのかは、修理とは何の関係もない訳である。

*

私はそれを見ながら、修理という言葉の内容が大きく変化して来たことを学んだ。取換えられた部品からは色分けされた沢山のコードが出ているので、接続を誤ることは先ず考えられない。部品を製造するのは工場であり会社であるから、とも角それを取附けやすいように作って置かなければならない。修理工の能力を試すような、意地の悪いことは決してしてない。だが、実際にはその部品にはまだ缺陥（けっかん）はなく、例えばその沢山のコードを接続するための螺子の一つが抜け落ちたことによる故障だったかも知れないという疑問は成り立たないのだろうか。

私がこれまで修理に興味を抱いて来たのにはさまざまな理由があるが、修理を行なうのには故障の箇所を探り出し、その原因を突き止めることから始めなければならず、そのためには懐疑的に思考を働かさなければならないが、これは精神の訓練として大いに役立つと思っていた。今その懐疑が全く否定されてしまった訳ではないが、疑いを抱いてあれこれ迷っているよりは、出来るだけ大きな部品を取換えてしまえば、時間も労力も少なくて済むという考えに変わりつつある。それならば、私の修理についての考えも或る部分を大きくそっくり取換えなければならない。

＊

私は庭に出て、覆いが外されてむき出しになっている室外機の傍に立って、新しい基板とパワー・トランジスターのコードが繋がれて行くのを見ている時に、実際には見たことのない、人間の臓器移植もこのように行なわれているのではないかと思った。人間の場合は修理とは言わず治療という。臓器移植は難しい治療の一種かも知れないし、それを行なう前には懐疑の精神に基づく綿密な検査も必要ではあろうが、部品の取換えに似ているようなところもある。

私は電気の修理工事が終わって部屋に戻ってから、かつて見附けた一本の螺子の話をしようと思ったが、この家の主人はそういうことにはあまり興味を抱かないのを知っていたので黙っていることにした。

（一九九二年 七七歳）

新奇な思考の試み

思考には論理が附き纏う。これはかなり執拗な咬み附き方をして、振り解こうとしても、意識している限りではまず無理である。だが人は時として、突飛なことを考える。本人は気が附いていない。ごく自然にそれを口に出したために周囲の人が笑い出すので、その笑い方によって、自分は突拍子もないことを言ってしまったと気が附く。

問題は笑った人達である。その中の或る人達は嘲笑として済ませてしまうだろうが、笑った後で、その突飛な考えを無視出来ず、自分の中で繰返しているうちに、すっかり感心してしまう人もいる筈である。

幼児の抱く疑問や、殆ど反射的に行なう表現の中にはこの種のものが多く、論理学の存在を知らない彼らの発想を羨む人は決して珍しくない。勿論、文法を知らなくとも人は込み入った問題について話し合い、論理学を学ばなくとも巧みに理窟を添えてこれを解決している。だから論理は学ぶものではなく、言葉の使い方と共に覚えてしまうものである。

*

ここから滑稽な廻り道に入る。断るまでもなく、詭辯に憧れてわざわざそんな道を辿ろうというのではない。私は数日前に古書店の棚に『喉内音に就いての試論』という本を見た。悉曇学[1]は現在のところ私の関心の中にはないので棚から取出してみようとは思わず、また著者の名前も記憶に残っていない。ただこうした奥行の深い問題についての論文などに時々使われる試論という言葉が気になり出した。

試論の意味が判らなかったのではなく、日常使われている「試」という字が本来どういうところから出たものかを知って置きたくなった。手許の漢和辞典や漢字について書かれた本を次々に見て行くと、遥か古い時代には試は言偏ではなく、食物を口に入れる意味を表わす、口の上に逆三角形▽がついた形のものであったという説明が載っていた。そう言えば、こころみるという漢字には験もあるが、嘗もある。

人間は現在夥しい種類の物を食べている。そして時々、これらを最初に、食べられるものかどうか恐る恐る嘗めてみた人の勇気に感心するが、その情景が改めて鮮明に想い浮かんだ。人間以外の動物の食性は多食性、雑食性もあるが、ほぼ定まっていて、人間のように食べられる物なら何でも食べてやろうという冒険はしない。命を落とすかも知れないこの食物の試みは、時には切実なこともあろうけれども、遊びに近い冒険のことが多かったに違いない。

それでも、命を懸けていきなり口に入れ、咀嚼して呑み込んでしまうのではなしに、嘗めてみたり嗅いでみたりするところがいじらしい。これは大胆さや用心深さ、勇気や臆病の問題ではない。

＊

そうなると、試みることには誘惑が手を繋いでいる。楽園のアダムとイヴは誘惑に負け、ヨブは打ち勝った。ヨブは試され、試練を受けた。試みたのは神であるが、直接誘惑をしたり苦しめたりせずに、蛇やサタンを使った。

然しこの聖書の中の誘惑を別にしても私達が何かを試みる時、それほど大掛りなものではなくとも誘惑または誘惑の変形と思われるものが試みようとする気持を動かしている。

計算が間違っているると成績が落ちるから試し算（＝検算）をする。版が申し分なく彫られているかどうか、判断が下せないから試し刷りをする。料理の味を褒めて貰いたければ味見をする。それを大昔と同じ気持になって毒見とも言う。大切な観客から盛んな拍手が湧き起こることを夢みて、試みの舞台を重ねる。

それよりも人が何か新しいことを思い附いて、それが失敗に終わらないようにと、こっそり試みる時には、成功の暁（あかつき）に得られる筈のものが必ず何処からか見えない手を伸ばして、擽（くすぐ）っている。人は次第によりよい報いのないことには気持を動かさないようになった。

＊

これが露骨になって来ると、試み自体が下稽古でも豫行演習でもなくなって売物になる。映画の試写会も有料になる。試写会を行なって成功を確実なものにする点では試みの気持が残っていないことはないが、試写会に招かれたり、売立の内覧に呼ばれたりするのは、特別扱いを受けることで悦ぶ人種を上手に利用した別の試みである。不必要に速力の出る乗物を作り、その試運転の試乗を行なう。本来の意味での試運転であれば、事故の起こる確率も高い筈で危険であるのに、試運転とは名ばかりのものであるのを承知しているために、それに招かれた人達は内心名誉に胸をときめかせて集まる。

平安時代に盛んに行なわれた試楽は、舞楽の豫行演習であるのに、天皇に見せているところを見ると、失敗が絶対にないところまでに下稽古は既に終っていたに違いない。従ってこうした名ばかりの贋(にせ)の試みは今に始まったことではない。

少し奇抜なことを考えたいものだという願いは、かなりの人が抱く。外部のあまり陳腐な考えに対しての苛立ち、或いは風俗から抜け出したい焦り、時には目立ちたがりやも、人から注目されるようなことを言ってみたいと思うかも知れない。しかし私はこれらの人を相手に思考の試みを考えている訳ではない。

思い掛けない病いのために、手を自由に使えなくなった画家が、不自由な手を辛うじて動かして描いた絵は、これまでとはがらっと変ったもので、彼の絵の愛好家は遠慮をしながらそれを褒めた。自分に忠実であるその画家は、思い掛けず、新しい試みがやっと出来た、と言って悦んでいる話を聞いた。

＊

思考の新しい試みを望むなら、脳の働き方をそれに相応しく変えることだが、自らそのために手を下すのは困難である。思考の試みは、詩人が詩の一行を考えるのとは別で、文字に置換えながら、考える事柄をまず綴って行かなければならない。新しい便箋を使って書く手紙はそれらしい違いが現われる。新しい衣服を満足して着る者は、歩き方が変わる。

思考の新しい試みのために、家を換え、環境を換えるのは大袈裟過ぎる。それよりも簡単で有効な手段がある。使い慣れた帳面を、使ったことのない帳面に換える。たったそれだけで成功するだろう。ともかく試みるしかない。

（一九九二年　七七歳）

手先の知恵

「大きな本は立てて置かなければならない」。態々こんなことを書き残したのは誰だろう。ベートーヴェンの手記の中でこの言葉に出会った時に、私は素通り出来なくなった。だから、それから何年もたった今も忘れずにいる。

この言葉の前に「私の蔵書について」、後には「楽に取り出せるように」という言葉が附いている。これによって、この手記が書かれた時の情況が一段と鮮明になって来る。こうした断片は、文章の中からの一部分の引用句とは違って、かなり自由な想像が許されている。自由な、と言っても、彼については、音楽以外の細かい事柄についても考証が充分に行き届いているから、当時四十六歳になっていた筈の彼が住んでいた家の、部屋の中の容子を勝手に組み立てるのは差し控えた方がいい。

ただこの言葉に関しては、多少とも書物に関係のある仕事をしている者にとっては、極めて切実な問題であり、大型の、従って重量もかなり多い本の置場所には苦労をしている。止むを得ずに床にでも平らに重ねて置くと、下の方になった本を取り出すのにはかなりの覚悟も要る。そして餘程気になることでもない限り、利用する度数も減ってしまう。

大きな本は立てて置かなければならない、とベートーヴェンは賢い忠告はしてくれたが、その先は各自の工夫に委ねられたことになる。この工夫は或る人達にとっては非常に楽しみになる。今更ベートーヴェンに注意されなくとも、そのくらいのことは心得ていると誰もが思う。然しそう思った大部分の人達は、大型の書物の置場所には現に困っている。積み上げてしまった重い本を、億劫（おっくう）がらずに利用している人は少ない。

置く場所に餘裕があれば、特製の書棚を注文して家具屋に運び込ませる、というのも一つの手段であるが、そのゆとりがない時にはどうすればいいか。

＊

生活の豊かさと、生活術との関係は、正確に反比例するとは言えないが、正比例するものとは思えない。自分の周囲を見廻してみるといい。百年などと遡る必要はない。五十年で充分である。五十年前の都会生活を想い出せる人は、その頃にあったもので、形、機能がそっくりそのまま残っている道具類がどの位数えられるか。

人は時々、便利になったものだ、と言って悦ぶが、この便利さが時には曲者である。一時間かかった乗物が、機能が変わって三十分もかからずに同じ目的地へ運んでくれる。能率を上げられる道具によって、一時間必要であった作業が二、三分で済むという例は珍しくない。

それは時間のことであるが、労力は零に近附いて行く。こういう講義は聴いた記憶があるが、聴講の仕方は少し素直過ぎたかも知れない。そのために失われるものについては、あまり真剣には考えていなかった。骨董屋や古道具屋の店に入るのは今では実用の道具を探すためではない。懐古趣味の人の玩物探しである。

人間は何もしないで済むように、絶えず忙しい想いを続けている。それを何時、どういう理由で中止するか、それとも最後まで続けられるような状態が残されるかどうか。

*

鉛筆の字や絵図の失敗を消すため消ゴムがある。ゴムの発見は十一世紀、ユカタン地方に住む先住民であるが、彼らはゴムで食器類を作っていた。ヨーロッパに持ち帰ったのはコロンブスであり、これをRubberと名附けたのはプリーストレーというイギリスの化学者で、その語源は消すという意味のruboutだということである。

こうした歴史は多くの物にあり、またそれが真の意味の改良を重ねて来たことは誇らしくもある。以前の消ゴムよりよく消えるようになれば、発見者にも改良者にも感謝を惜しまない。

だがゴムを持つ手先を動かす代りに、小さい電動モーターを使った道具が考案された。伝えられるところによると、無精(ぶしょう)をしてやろうという魂胆(こんたん)からではなく、手先を動かすエネルギーを一年間貯えると、八メートルの高さまで飛び上れるという。こういう冗談が物に附き纏うようになると、用心をした方がいい。消ゴムがあっても、モーターを動かす電池がなくなり、配線の何処かに故障が生じると、字は消すことが出来なくなる。墨を磨(す)る機械も同じことである。

*

そして改めて、ブルーノ・ムナーリの『機械』[1]を書架から机の上に持ち出して開くことになる。

この本にはムナーリの考案した十三の機械または装置が詳細に説明されている。「目覚時計をおとなしくさせる機械」「蝶の羽ばたきを利用した扇風機」「造花をにおわせる機械」「怠けものの犬の尾をふらせる機械」「雨を利用してシャックリを音楽的にする機械」「汽車が出る時にハンカチをふらせる機械」など。

これは子供達を悦ばせることも出来るし、あのハロルド・ロイドの映画『発明狂』を想い出す人もいるだろうが、金儲(もう)けに大いに成功したり、大損をしたりしている別の発明狂を諷刺する。

人間の知恵はプラトン以来、高級なものと思われ勝ちな、また実際にそうでもあるかも知れないソフィアと、技術のための知とが区別され、更に宗教知を加える学者も出て来て、その関係のあるなしが議論されて来た。だが、しばしば聞かされる話によるとタレスは星の観測から大儲けをしてみせた。優れた学者かも知れないが、金儲けの方はさっぱり駄目だと言われて口惜しがったのかどうなのか、翌年のオリーブの豊作を豫測し、先ず製油所の搾油機を借り切ってしまった。豫測した通りになりそれを転貸して大儲けをした。「知恵は万代の宝」とか、「知は財産の源」という意味の Par savoir vient avoir などの諺がそれに当て嵌る。

人生の経験を豊富に積み、面白そうに見える悪知恵を警戒し、書物に記されている通りに、人生の目的や物事の根本が理解出来るかどうかは、それは宿題として抱き続け、身辺の、次々と差し出される知恵の輪を解くために熱中出来れば、そこからも人生の目的が見えて来るかも知れない。

先ず、大型の書物を立てて置くために、知恵を借りずに知恵を絞らなければならない。

（一九九二年　七七歳）

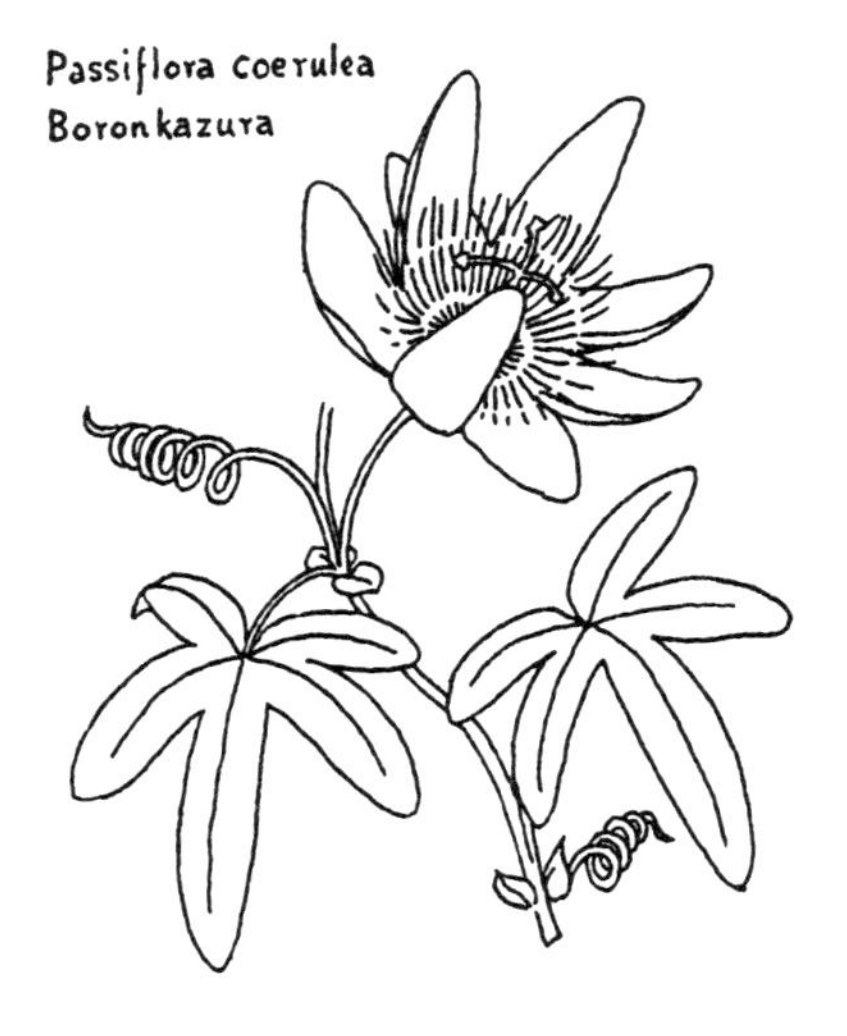
Passiflora coerulea
Boronkazura

見ることについて

私は野原を歩いたり、山を歩いたりしていいます時に、名前を知らない植物などによく出会います。名前を知らないものの方が多いのですが、そういう時に、取って来ることが出来る場合には、なるべくその植物の特徴のはっきりしたものを摘むなり、あるいは根から掘って大切に持ちかえりまして、植物図鑑だの、その他の私が持っている書物をたよりにしらべてみます。

ところが持ちかえることの出来ない場合が往々にしてある訳です。例えばそれが大きな木であるとか、掘ることを禁じられている高山植物であるとか、あるいは町を歩いている時に見つけたよその家の庭に生えているものであるとか、むしろそれを持ちかえることの出来ないことの方が多いかも知れません。その時は仕方がありませんから、自分の眼で、それをよく見て、覚えて帰るより方法はありません。あまり不思議なものならば、その特徴をノートに書いて来ることがあります。ところがそうして特徴をノートに書いて来ましても、いざ植物図鑑だの他の書物でしらべ出しますと、すぐそれと分ることは実に少ないのでして、大概の時は、何か見落しています。花の花瓣（かべん）だの雌蕊（めしべ）雄蕊（おしべ）の数などは大体覚えていられますけれども、どこか一部分に細かい毛があるかないか、それが今年のびたところか去年のものか、というようなことになりますと、私の観察は実に不完全であって、どっちだったか分らなくなってしまいます。しかもそれによって、名前が違うことが分った時にはほんとうに残念であります。近いところならばもう一度引きかえして、一本の植物のある部分だけを確かめに出かけてもいいという気持になります。

　このことは、昆虫だの、小鳥だのでもそうで、ずいぶん注意を払って見たつもりでも、細かい記述のある書物と自分の記憶とをつき合せてみますと、必ずといってよいくらい曖昧なところが出て来ます。ところが、普通私たちがものを見るという時には、もっと遥かに曖昧な見方をしています。特に私たちが毎日見ているものを、何か急に想い出そうとすると、それがはっきり想い出せません。自分の家族の顔なり、親しい友人の顔なりを、紙に向って描いてみようとしますと、絵の上手下手は別にしまして、その顔が頭の中ではちゃんと想い出せるのに、その記憶は実はあやふやで、顔の幅に対して眼がどのくらいだったか、鼻の位置がどの辺にあったか、それを確信をもって描くことは出来ません。それですから、これは当り前のことではありますけれども、ただ見ることといいましても、その見方は、ぼんやりと眺めていることから、注意深く観察をすることまで、その段階はいろいろあることを改めて考えて頂きたいと思います。そして、よく見ることにはむしろ際限がないということを考えて頂きたいのです。

私は暫らく前に、ある地方を旅行しました時に、その地方の小学校の生徒たちが、平素観察をしたものの記録が、展覧されているのを見ました。主として理科の勉強に属するものでしたが、そこにはほんとうに驚くようなものが沢山ありました。その中の一例をお話してみますと、これは確か小学校の二年の女の子の観察記録だったと思いますが、蟻地獄と俗にいわれている、あの軒下や縁の下のような乾いた土のところに見られる漏斗(ろうと)形の小さい穴、ウスバカゲロウの幼虫がその中にいて、蟻などがすべり落ちて来るとそれを食べて育っている、あの蟻地獄を見ていいます時に、ふと気がつくと、その中のあるものは穴が浅く、またあるものはそれが深いのです。これをその小学生は不思議に思いまして、一生懸命観察をしました。そしてただ観察するだけではなしに、そこの土を取って来まして、自分の机の平らな板の上にそれをさらさらとこぼして、蟻地獄とは逆に小さな山を造って見ました。すると、蟻地獄の穴の浅いところの土は盛り上り方がひらたくて、穴の深いところの土は高く盛り上りました。そこで更にその土をよく見ますと、それは土の粒の粗い細かいによることが分ったというのです。これは何でもないことですが、やはり大きな発見だと思います。その小学生はそれだけでやめずに、それから歯磨粉だの、ガラスの粉だの、いろいろの粉で盛り上り方をためして、そこに出来る傾斜と平面との角度を表にして出しているのです。勿論その角度を測ることなどは、先生の指導があったものと思いますが、こうした子供たちの観察の結果が展覧されているのを見ますと、同じ人間の眼を以て一つのものを見ながら、その注意の向け方で、物はいろいろに見えるばかりでなく、うっかりしているために、私たちはどのくらい貴いものを見損(そこな)っているか、また目の前には常に発見されるべきものが沢山あることを、改めて思わずにはいられないのです。幼い者の眼だからそういうものに気がつくのだという方がいるかも知れませんが、それは違うと思います。大人はむしろ沢山のものを見慣れてしまっていますし、それよりも、必要であるものしか本気で見ないような、一種の怠け癖のようなものが出来てしまっているのです。

今「必要」ということを申しましたが、私たちの行為すべては、単に眼で物を見たり、耳で聞いたりするそういうことだけに限らず、すべての行為は「必要」といういわば鞭で叩かれてそれをしているようなところが多分にあります。空の雲の動きなどをよく見ますのは、大体気象観測の仕事をしている人に限られています。普通一般の人たちが雲の容子を気にかけて見る時といえば、気象台から台風が近付いているという警告をうけているとか、その翌日が遠足であるとか、雨に降られては困る仕事がある時とか、そんな場合に限られていまして、空を見る必要がなければわざわざそれを注意深く見ることがありません。

そんな具合に、全く理由もないのに、あるいは何かの必要に迫られることもなしに、私たちが何かをすることは、考えてみますと実際に少ないのです。ベルグソンは『時間と自由』とか『創造的進化』とか、また『笑い』などという本を書いたフランスの哲学者であることは御承知と思いますが、ある時の講演の中で、この「必要」ということを取り上げまして、普通の人間はみな「必要」によって何かをしている。そしてこの「必要」は物を見る時にはそれをよく見るように仕向けるのではなしに、却ってそれが一種のヴェールになって、物をよく見ることを出来なくしてしまうということをいっています。そしてその必要から解き放されている人、何の拘束も受けずに物を見ることとの出来る人が藝術家だという訳です。くどく説明するまでもないと思いますが、例えば、摘み草に行く時に、それが全くどうでもよいリクリエーションの場合は別ですが、摘み取る草だけを一心にさがしていますと、その草原にどんな珍しい花が咲いていましても、却ってぼんやりそこを歩いている時よりも気が付かないだろうと思うのです。

私たちが何もみな藝術家になった方がいいということではありません。けれども、これは私が前々から望んでいることなのですが、ある場合には私たちも藝術家の眼を以って物を見ることがあってもよいと思うのです。あってもよいというより、同じ眼を持ちながら、見れば何でもよく見える眼を持ちながら、必要なものと不必要なものとをあっさりと見分けをつけて、見ても仕方のないもの、見たところで一文にもならないものは見ずに済ますことが恰も賢明であるように思い込んでしまうことは、実は非常に愚かなことなのではないかと思います。一体見ても仕方がないという判断は、それほど的確なものなのでしょうか。第一、そういう風に、生活の中から、自分で不必要なものと決め込んで、どんどん切り捨て、必要なものだけでいいという態度、それはいかにも味気ないように思われます。その人は、自分の生活をそれによって合理化しているつもりかも知れませんが、恐らく、あくせくと一日一日をすごし、そのことを何処かで嘆いたりこぼしたりしているに違いありません。「どうも暇というものが全然ないので、春になったからといって花見に出かける訳にも行かず……」という人、その人は乗物に乗っている時、乗物を待っている時、ほんの僅かの暇もないという訳でもありますまい。往来を横切るその瞬間に、あるいは電車の中で目を閉じてしかめ面をしていないで、「必要」という鎖を自分から解いて窓の外を見れば、建て込んだ屋根の向うの空にも、通りすぎる狭い露路の間にも、あるいはその電車の中にも、人の顔の何処かにも見るべきものは沢山あると思います。そこに何かを見附け出して、それがせかせかと追われている毎日の仕事の苦労をさっぱりと忘れさせるに足るものであることが必ずあると思います。単に眺めているだけの時は、人の眼は小さな曇った鏡にすぎないことになります。

（一九五五年　四〇歳）

知ることについて

これからまた暫らくのあいだ、私どもの周囲にはいろいろな花が咲いたり、飛び交う蝶の姿が見られるようになります。私が、多少普通の人よりもそういうものに関心を持っていることを知って、近所の子供たちが、時々虫などをつかまえて来て私にその名を訊ねるのです。こんな大きな蛾がいたよ、小父さんこれなんていうの？　彼は少し手に負えないいたずらっ子で、うちの生垣の竹の棒を抜いて、野球のバットにしていたこともありますし、木のぼりをして枝を折ることも専門家です。その子が水色の、大きな蛾を一匹つかまえて来まして、その一枚の翅をつまんで私に名前を訊ねるのです。「そんな風につまんでいるとばたばたあばれて翅の粉をみんな落してしまう、蛾でも蝶でも、こういう風に持たなくちゃあ」そういって私はまず持ち方を教え、それからその蛾はオオミズアオ、あるいはユウガオビョウタンという名であることを教えます。どうも忘れそうなので、紙にその名を書いて渡します。この蛾の幼虫がどんな形をして、どんな植物の葉を食べるか、幸にして私はそれを知ってはいましたけれど、彼はまだ小学校の三年生、ただ名前を知ればよいのです。というより、彼が知らないと思ったのはその名前だけなのです。

「知識の獲得には、ある不思議な快さと喜びがある」という古い言葉がありますが、この平素はいたずらの専門家である彼も、確かに満足の色を顔に浮べて帰って行きます。私はこういう風にして幼いものから何かを訊ねられた時、たとえ自分が手を離したくない仕事をしている時でも、少くもいやな顔は見せないようにして、そうしてその名を知らない時、あいまいな時には、その子供と一緒に本をしらべるようにしています。

詩人の尾崎喜八さんが、昔、あの植物学者の牧野富太郎氏をかこむ植物同好会の人々と採集に行かれた時の文章に次のような箇所があります。それは、先生、これは何ですか、これは何と申しますかと、次々に訊ねられる時牧野博士はそれをたちどころに説明されることなのですが、それに続いて、次のような文章があります。「先生が日本の植物に対して百の名称を断ぜられるとしても、僕はただ先生の記憶の強大さ、知識の広さに驚くだけである。植物学者としての先生の大いなるカリテから見れば、それは当然な事のように思われる。しかし一人の可憐な小学生が――腰に小さい風呂敷包の辨当を下げ、肩から小さい胴乱をつるした子供が、何か小指の先ほどの植物を探して来て『先生これ何ですか』と訊いた時、『これは松』といいながら、その子の頭へ片手を載せられた時の、あの温顔の美しさを僕は忘れない」

私はこの一節が非常に好きなのです。そこには、知るということ、そのための人間同志に通う暖かいものが感じられます。ただ人間としてこれだけのものは知って置かなければならない、このくらいのことは知っていないと馬鹿にされる、そういう気持で本を読んだり、学校へ通って勉強をする、それも確かに必要なことなのですが、そこで、もし一方は教える他方はそれを教わるという関係だけならば、それは全く機械的なものになって、遂には試験のために勉強をするという、今ではあたり前のことになってしまった現象も生まれて、知ることによって快さや喜びが伴って来るような、極く素朴な姿があまり見られなくなってしまいました。私自身にしましてもそういう傾向は確かにあるのですが、自分の知らないことでも、もう誰かは必ず知っている、もっと手取り早いいい方をすれば、大概のことは本に書いてあると思ってしまって、特に知ろうとしないのです。さまざまの事典と名のつく本が出ることは、それに誤りがない限り実にありがたいことなのですが、これだけ手許に持っていれば必要な時にその知識をそこから引き出せるという考え、これは案外恐ろしいことではないかと思います。昔の人は私たちより知識の持ち方は少かったと思います。また、その知識も誤っていたことが多いかも知れません。コロンブス以前の、大多数の人々は別の大陸があるかも知れないということは恐らく考えなかったでしょうし、このようにして人間の発見や発明が一般の人たちにも知識を殖やして行ったことも事実であります。しかし、知ることと、知らされることとの違いを考えてみて頂きたいのです。私は、少くも今日ここでお話をしている限りでは、知るということの中には、知りたいという意慾がはっきりしている場合を考えています。これだけのことを知っていないと笑われるとか、現代人としての常識に缺けているといわれそうな、ただそのために知るのであれば、外部からの強制的な力によって知ることを努力しているに過ぎません。そういう人は自分はどうでもよいのです。笑われる、馬鹿にされるという理由だけで動いているのです。それでも全くの無関心な状態に比べればいいでしょうけれども、しかしそうして知識を得る時には喜びはなくてむしろ苦しみがあるばかりだと思います。それよりももっと恐ろしいことは、知っている振りをするために、なるべく苦労の少い手段を選んで、知った振りをするのに必要な知識だけを手許、口先へ用意して置こうという態度です。私の知っている若い方々の中には、話をしていると実に博識だと思われる人がいます。文学についても、美術や演藝その他の藝術についても、政治についても国際情勢についても実によく知っているように見えるのです。そして知っているだけでなしに、それらに対して批評もしますし、またそれに対する自分の立場もあるらしく見受けられるので、話をきいていますと、私などは少し恐ろしくなって来ます。けれども少しこちらが意地悪く訊ねかえしてみるとか、もう少し詳しい説明を求めたりしますと、ところどころあやしいことが出て来ます。つまり簡単に申しあげれば、それらの沢山の知識の大部分はいわば借物だったのです。知識だけでなく、それらの人の使う言葉の多くが借物だったのです。それは特に学術的な用語、あるいは哲学用語といえるような単語の場合、それが目立って感じられます。この知識の借物ということはなかなか魅力のあることでありまして、はでな衣裳を着て自分を飾ることと少しも変りありません。しかしそれは、この頃のように、そのために至極便利なダイジェスト式の本が出ていますと、比較的時間もお金もかからずに出来ることで、これもまた前に申しあげた事典類とともに、悪く利用しますとかなり危険なものだといえます。この借物の知識ででも自分の身を飾る魅力というのは、恐らく人間の心の中に根強く巣を造っている自尊心、虚栄の心によるものと思われます。ブレーズ・パスカル(1)がこの虚栄心についていった有名な言葉をここに引かせて頂くことにします。

「虚栄は人間の心に深く喰い込んでいるもので、兵士も従卒も料理人も人足も、それぞれ自慢して自分の崇拝者を得ようとする。哲学者さえ同じことを望む。栄誉を否定する論者も、よく論じたという栄誉は得たいと願う。またそれを読む人も、それを読んだという栄誉を得ようとする。そしてこれを書いている私も、恐らく同じ慾望を持っているだろう。また恐らくこれを読む人も……」

厳密に考え始めますと、これはむづかしいことになりましょうが、虚栄のための知識、あるいは自分の身を飾るための知識は、いざとなったら何の役にも立たないということをここで思い切って申しあげまして、本当に知りたいと思うことを改めて考えて頂きたいのであります。大きなことでも小さなことでも、具体的な現実の問題でも、抽象的なことでもそれは構いません。私が指図をすべきことではないのです。もしそういうことがあって真剣にそれを知ろうとして獲得することの出来たものなら、それはたとえ本から得たものでありましょうとも、あるいは幼い子供から教えられたものでありましょうとも、必ず自分のものになって、それが素朴な要求であればこそ喜びを伴い、またそれが今すぐに役に立たないものであるにしても、いつかは必ず、形をかえて自分の成長に役立ったというはっきりした証拠を見せてくれるにちがいありません。

先程、本当に知りたいことを改めて考えて頂きたいと申しまして、その内容については私が指図をすべきではないといったのですが、そのことで最後に一言だけつけ加えさせて頂きますと、知りたいと思って、それがかなり面倒なことのように見えましても、その気になりさえすれば案外簡単に分ることもあります。ラジオのスイッチをひねることは、ラジオについての知識を持っていることではありません。それは聞くために、定められたところをひねることが出来ることです。けれどもその構造を知ることもその気になれば決して不可能ではありません。人間が作ったことは分らないことはまずあり得ませんが、簡単に知ることが出来そうで厄介なのは、人間の心です。他人の気持も勿論そうですが、自分自身のことは一番よく知らなければならないのに一番知ることの困難なことだと思います。

（一九五五年　四〇歳）

遊ぶことについて

私は、少し前から現代人の誘惑として、どういうものが、幾つぐらい数え上げられるか考えています。お金が欲しいとか、名誉がほしいとか、そういう風に考えれば、それはいつの時代にも共通したものでありましょうけれど、もっと具体的な現象を拾ってみたいと思ったのです。例えば競輪、パチンコ、ダンスホール、ジャズという風に拾って行く訳です。そして誘惑としてそれが祭りあげられる以上、遊びごとと普通にいわれているものにつながりを持っているものが多いのです。ところが「遊び」ということの内容、あるいはその限界を考えますと、それはなかなか厄介なことでありまして、遊ぶことは自分の気持をほぐして普段の仕事の疲れをやすめることではありましょうが、遊ぶことによって非常に疲れることもありますし、普段の仕事よりもずっと苦しい思いをわざわざしている人もいるわけです。またそれでは別の方面から考えて、稼ぐこととは反対にお金を使うことかも知れません。時に遊びながらぼろ儲けをする人もいるでしょうが、しかしこの方がまだ考えやすいことです。と同時に、私は、多くの人が、このことでお金を沢山使わないと遊んだ気持になれないと思っていること、それがむしろ現代の遊びの一つの傾向かも知れません。つまり娯楽施設というものが段々と凝って来まして、それだけお金をかけて作りますから、それを利用して楽しもうとする人もそれだけ餘計にお金を使わなければならないことになります。そのことから多くの人はお金を沢山使えば使うほど楽しい思いが出来るという考えを持つようになってしまったのかも知れません。使えるお金がなければ何処へも出かけることが出来ない。そう決め込んで休日を退屈な一日にして、家の中でごろごろして過してしまう人が意外に多いようであります。少し風変りな「幸福論」を書いたバートランド・ラッセルが、その本の冒頭に書いたことですが、仮りに週末の、賑かな街角に立って、そこを通る人々の顔を見たまえというのです。みんな幸福になろうとして出かけて来るのに、その顔は少しも幸福そうではありません。確かにお金は持っていないより持っていた方がよいに違いありませんけれども、それを自分が本当にたのしめるように使うことはずいぶんむつかしいことです。そしてここで附け加えておいた方がいいと思いますが、多くの娯楽施設は、賭博に通じるものであります。パチンコをやる人々は、あの放心状態が何ともいえないのでやめられないといいます。それも確かにあると思いますが、それだけではないと思います。得をしよう、儲けようとする一念がそこに要素として加わっていることを全然無視してしまうことは出来ません。またそういう慾があるからなかなかうまく行かないので、それでこうした商売も成り立って行くのでしょう。

ところで私は、遊ぶことをそれだけに限ってしまうことはいかにも残念です。遊ぶということの中で一番大事なことは、今も放心状態になると申しましたが、しなければならない仕事、必要に迫られてやることとはちがって、もっと勝手で、自由で、しかもそれに熱中することが出来るということ、別の言葉でいえば陶酔することであります。必要に迫られてする仕事にも、最初はいやいや始めてもそれに熱中出来る人は幾らもいると思いますし、それがなければ続けられる訳のものではありませんが、しかし遊びの中での陶酔はもっとゆったりした、肩の凝らないところがあります。それが遊びの魅力だと思うのです。

STANDARD BOOKS

串田孫一

緑の色鉛筆

愚かさの望診について

堀江敏幸

串田孫一には複数の顔がある。モンテーニュやパスカルに学んだモラリストの系譜に連なる哲学者。植物や昆虫、天候や天体に親しむ博物学者。絵画、版画、篆刻(てんこく)をよくする芸術家。アイリッシュ・ハープとブロックフレーテをたしなむ音楽家。単独行を好む登山家。教壇に立った時期もあるけれど、それも五十歳できっぱりと辞めて、以降はどこにも所属せず、自由な執筆活動をつづけた。

この多才な文人の基盤にあるのは、やはりフランス系モラリストとしての思考回路だ。生涯に数百冊の著書を残した串田孫一の記念すべき第一作『乖離(かいり)』は、一九三七年に刊行されている。二十二歳の若者が世に問うた事実に注目するなら早熟の一語をあてがうべきなのだろうけれど、この人の場合はむしろ老成という言葉のほうがふさわしい。二十代の前半からすでに老いは完成していて、さらにゆっくりと老熟に向かっていくのである。

それを可能にしているのは、自分自身をふくめた物事全般に対して疑いを抱く姿勢だ。なにかがうまく運ばなくなったとき、どこが悪いのかその原因を探って解決策を見出すには、「懐疑的に思考を働かさなければならない」。修理に関心を抱き、実際に手を動かしてみるのは、それが「精神の訓練として大いに役立つ」からである（「一本の螺子」）。

ところがある時期から、修理は故障箇所の特定ではなく、疑わしい領域をごっそりとユニットごと入れ替える、ただの交換に変容した。じつは、右の引用の「大いに役立つ」のあとには、「と思っていた」という言葉がつづいている。修理が交換になり、理と常識によって疑うことが蔑ろにされはじめたのは、この文章が書かれた一九九〇年代初頭だったろうか。「疑いを抱いてあれこれ迷っているよりは、出来るだけ大きな部品を取換えてしまえば、時間も労力も少なくて済むという考え」が幅を利かせ、いつのまにか人は、「次第によりよい報いのないことには気持を動かさないようになった」（「新奇な思考の試み」）。七十代後半にさしかかった頃の文章には、そんないらだちの色が透けて見える。

逃げとごまかしを断じて許さない姿勢がより鮮明になったのは、戦争体験を通じてのことである。

当時の模様を語る「二十七歳」と題された一文の初出が一九九三年だという事実を、私たちは心に留め置かねばならない。暁の星について、文房具について、色について、花について、窓や波について、日常のなかの些細な出来事を丹念につづり、読者の視野を広げていく記述のスタイルを守りながら、串田孫一は、世のきなくさい動きへの注視をうながしているのだ。

一九四二年、七冊目の著書『懐疑』が刊行され、良識ある読者を得て再版の運びとなったとき、当局は許可を与えなかった。初版からのごくわずかなあいだに、懐疑は非国民的な言葉になっていたのである。大日本帝国は必ず勝利する。そこにはひとかけらの疑いもない。「狂気の人が作ったとしか思えない筋書きを押しつけられ」ているにもかかわらず、「人間は、或いは日本人は、こんな愚かな国策にも従っていた方が楽だとなると、いとも単純に雷同してしまう」。それが恐ろしいと彼は付け加えている。

この発言は、ビキニ環礁における米国の核実験の二年後、つまり一九五六年に記された「原子力と思考」の内容と、半世紀を隔てて重なっている。核実験と放射能障害は、哲学的な不安を肉体的な不安に変貌させ、政治家たちの「あいまいな無責任な、腹の底まで分るような愚かな言葉」を明るみに出した。四十一歳だったモラリストはここで正しく懐疑を発動させ、「この不安の中から、人間の善意を信ずることができるような、僅かな光を正確に見届けたい」、「すがりつく糸としてではなく、人類の新しい信頼の道として」の善意を見極めたいと書き付けていた。

二〇一一年三月の出来事とその後の為政者の対応を目の当たりにしていたら、彼は明確に提示されたこの善意を、なお信じつづけることができただろうか。もちろん、信じたはずである。扱いにくく、「毒々しい」緑の善意をあえて飲み込み、機械のように分解・再構成できない人の言動を見極めようとしたにちがいない。いま私たちも、串田孫一にならって、この「愚かさ」を「望診」する術を学ぶべきだろう。ただし彼が最後まで失わなかったユーモアをも忘れずに。

ほりえ・としゆき
作家、仏文学者、早稲田大学教授。一九六四年生まれ。『おぱらばん』で三島賞、『熊の敷石』で芥川賞を受賞。『河岸忘日抄』(読売文学賞)、『なずな』(伊藤整文学賞)、『振り子で言葉を探るように』(毎日書評賞)など著著多数。近著に『仰向けの言葉』『その姿の消し方』などがある。

一カ月ほど前のことになりますが、ある党派に属している政治家のお宅を訪ねました。ちょっと友人から頼まれた用があって、相談に行ったわけです。この政治家は、身分からいえばかなり上の方だと思うのですが、実に穢らしい家に住んでいます。穢いなどといっては悪いのですが、家が傾いていることは、中に入って障子や襖の建つけを見れば歴然としています。その家に住む政治家の家族も、この傾いた家と調和をかくところが全然なくて、簡単に質素な身なりだといってしまっては勿体ないくらいなのです。私はその人を尊敬しているといえば少し大袈裟になるかも知れませんが、少くもこんな家に住んでいることを何とも思わない政治家がもう少しふえてくれたら、とは思っています。その一カ月ほど前に訪ねました時には、急に地方から転勤になってやって来たおむこさんの一家が入っていまして、狭い家は荷物だの、お孫さんのちらかす玩具だのでごったがえしていました。「上ってもらってもいいんだけどごみだらけだから……」そういって、もう白髪の方がずっと多くなった政治家は、私を庭の方に廻らせて、縁先に座布団をぽんと叩いて置きました。家族の方々ともよくお目にかかっているものですから、みんなで「急いで今片づけますからお上りになって下さい」といって下さったのに、おじいさんは、何んの縁側で上等だ、そんな風にいう人なのです。ところでその縁先でこの政治家は何をしていたかと申しますと、粘土細工をしていました。美術全集を二三冊ひっぱり出して、小さなヴィーナスだの、ダビデの首だのを造っていました。「一体どうしたっていうんです」と訊ねますと、今度小学校の四年になるお孫さんが、近くの文房具屋で買って来て、うまく出来ないといってやめてしまった粘土をおじいさんはいじり出して、すっかり面白くなってしまったらしいのです。奥さんがそばから、「どうでしょう孫に買ってやった粘土を取りあげてしまって、昨夜からこんなことを始めて、呆(あき)れかえってしまいました。今朝起きると今度は自分で粘土を買いに行ったんですよ」といいました。なるほど座敷の茶簞笥(ちゃだんす)の棚を見ますと、おじいさんの作品が沢山ならんでいます。それがなかなか上手で味のあるものばかりでした。暖かい陽のあたる縁側に、もうガラス戸の走る真鍮(しんちゅう)のレールがぽっと暖まっている縁側に、埴輪(はにわ)のような人形だの、腰をひねった裸体の美人だの、ベートーヴェンの小さなデスマスクなどをならべまして、私の訊ねる用事に返事をしながらも、この政治家はなお楽しそうに粘土をいじっていました。この人は時々こんなことを始めるのだそうです。ある時には俳句をたのまれて一つ作ったことがあるそうですがそれから何でも一晩に百ぐらい作ったとか、まだそのお嫁に行ったお嬢さんが子供のころにせがまれてやった油絵の道具をかりて、絵をかいたり、そんな風にひょっとしたことから突然遊び出すことがあるのだそうです。私は、彼が胡坐をかいて、傷だらけの柱に凭りかかって、そして口をとがらせて粘土をいじっている容子を今でもはっきり目に浮べることが出来るのですが、その放心した姿、放心というより、骨のごつごつした手に持った粘土にすべてを集中している姿は、一種の藝術家のような風格さえそなえていました。私はこういう人こそ遊ぶことの上手な人だと思います。

自分の仕事、専門の仕事と、こういう遊びの中で陶酔出来る状態とを全く一致させていられる人がいれば、それは仕合せであります。自分の好きなことをして、それで生計を立てている人はみんなそうではないかとお考えになるかも知れませんけれど、いくら好きでやっていることでも、それが仕事となり、いついつまでにそれだけのことは是非ともしなければならないということになりますと、好きなことも苦痛になって来るのが普通で、そうして仕事を一段落させた時、その人は暫らく気を転ずるために、必ず何かほかのことをしたくなるものであります。

私は趣味という言葉は何だか嫌いなのですが、これをすればいやなことも、仕事の疲れも忘れることが出来るという風なものを持っていることは大切です。しかしその場合でも、現在では、お金のかかることの方が、何となく高尚な趣味であるように考える傾向はあります。けれどもそんなことは絶対にない筈です。これだけで遊ぶことについてはもう何も申しあげることはないのですけれども、私も遊ぶことは大変好きですから、そのいい訳をつけ加えさせて頂きますと、結局人間は遊ぶことによって、めいめい人間としての補いをつけているのだと思います。社会の様々な組織、機構、制度というものが、ますます複雑になったり、ある部分は機械の動きと変らないようになって来ています。そういう中に入って働かなければならない私たちは、機械の中の一つの木ねじになったり一つの歯車になり切ってしまうことはまず出来ません。海の底に泳ぐ魚のようにひややかなものであるのならばどうか分りませんが、ともかく三十六度の体温を持っているのですから、その人間としての補いをつける必要があるのです。そんなことをさせる社会制度をうらんでもこれは全く仕方がないことでありますから、そこに平然と加わっていられるために、それぞれ陶酔する術を知って、本来の人間にかえることを考えた方がよいと思います。

（一九五五年　四〇歳）

Podiceps ruficollis poggei

象と裸女

八階建の百貨店の屋上は、天がまる見えだということで人々が登って行く。それはちょっと魅力のある眺めなのだが、そこへ登って来た人たちは案外天を見ていない。下界を見下すことの方が愉快になるのだ。彼らは金網のへりに並んで天下を眺めている。豆粒のように見える人間を、今はしばらく憐(あわれ)んでもいいと思い、豊かなつもりになったその気持をもてあまして、顔だけはにこにこしている。

ぼくは時々ここへやって来て、少し坐り工合の悪いベンチに腰をかけて、しみじみと額に太陽の熱を感じるのが好きだから今日もやって来たのだが、驚いたことには、とらわれの象が一頭ここに住んでいる。人間は何という不似合のことを、考えもなしにするのだろう。印度の象を、都会のまん中の高層建築の屋上へつれて来たのだ。

＊

檻の中で象は体をゆすっている。足をしっかりと踏んばって、体をゆすっている。賢い象は、こうでもしていないと全く運動不足になって病気になりそうなのだ。けれどもまた、その鼻を、空しく振るために、こうして体をゆらしているようにも見える。

キプリングが何んと言おうと、皮も黴が生えそうに堅いし、何もかも頑丈一点張りなのだから、自分が死ぬことなんぞは考えるまいと思うのだが、ぼくは近く寄ってみていると、その眼が妙に赤いのが気にかかる。都会の中のあらゆる種類のほこりをいっぱいに含んだ風が強くて、それで眼が痛いのかと思ってみるが、そうばかりではないらしい。そのとろんとうるんでいる赤い眼は、もっと深い悲しみがありそうだ。遠い国を想い出して、自分の不運を嘆いているのかも知れない。見せものになっているのが口惜しいのかも知れない。そうしてぼくもやはり愚かな人間の仲間だということと、その象の切なさとが、胸のあたりや、どういうものか右の膝のあたりを、きゅんきゅんと刺激する。

＊

象は頭を二つ持っている。考えることもきっと二つずつで、そのために、何が何んだか分らなくなる。何がいいのか、何が悪いのかそれが分らなくなる。象はほんとうに気の毒なのだ。

ぼくは檻の前から立ち去ることが出来なくなってしまう。ぼくの隣りでも、ごくごく幼い子供が動けなくなっている。その幼い子供は、五六分のあいだはびっくりしている。ぼくが、象という動物の前で、久し振りにびっくりしていたのがちょうど五六分だったからだ。そう思うとぼくたちは親しいようにも並んでいられるが、それから先はもう一緒ではない。けれども恐らく、ぼくの隣りにさっきから頑張っている半ズボンの坊ちゃんの方がずっと気のきいた夢想に耽(ふけ)っているらしい。象の赤い眼などを気にしてはいない。その大きな背中にあぐらをかいて、深い森へ入って行く。冒険の森への誘いは、何んというすばらしいことだろう。真紅にもえている夕陽は、その森をだんだん水々しくして行くし、象の背中にはこの子と一緒に、一切の夢の要素がいっぱい積まれているだろう。子供は象から眼を離さない限り、夢の中にいつまでもとどまっていることが出来る。

＊

そのうちにぼくは奇妙なことに気がついた。象のその赤い眼は、時々ぼくの肩を越して、少し離れたところをちらって見ては、何んだか渋そうに目ばたきをする。ぼくはその視線を思わず追って行くと、この屋上の一角に水着の女が二人ずつ四人、ビニールの浮輪だの、大きな毬などを持って、にこにこ笑っているのだ。

どうぞ御自由に撮影なさって下さい。水着姿の女性を、どこからどう写しても無料なのである。

写真機を持たないものが、口をあけて眺めていても無料なのである。

ぼくは近寄ることを当然ためらったが、時たま人垣もまばらになるので彼女たちの姿が見える。

＊

ここは何んという不可解な屋上の楽園なのだろう。それでもぼくは見学をしなければならない。

彼女たちが、いかに恥かしさを棄ててしまっているかを見るために。そのポーズを感心してみようと努力するために。そしてまたそれを見る人たちの顔に何を読みとることが出来るか、それをためすためにも。

一人の女性は写真機を持った人たちの注文どおりに、腕をあげたり、腰に手をのせたり、時には寝そべったりしていた。一人の女性は、少し肩が凝っているのかと思うような仕種(しぐさ)をしていた。

一人の女性は、瞼(まぶた)を青く塗っていて、それがどうも得意らしかった。そしてもう一人の女性は頻りに自分の口をなめていたが、それはどうも癖ではないらしかった。彼女たちは何十という写真機のレンズを少しもこわがってはいなかった。ぼくはそれ以上の観察はどうにも出来ない。

けれども、彼女の姿を、自分の写真機でとろうとしている多くの中年の男性に交って、まだやっと小学の上級生ぐらいの坊ちゃんが上等の機械を顔にぴっちゃりとくっつけて、何枚でもフィルムのある限り、時にはコンクリートの上に腹這いになって撮っているのをぼくは確かに見た。

それがどうかしたの？　と言われそうにも思うから、ただ忠実に悪びれずに報告するだけにして置こう。

＊

ぼくはもう一遍、象の檻の前へやって来た。

君が眼を赤くしているの、ぼくには分った。まちがえていたらかんべんして。君が体をゆっているのも分った。それもまちがえていたらかんべんしてくれたまえ。

君は呆（あき）れることが出来ない。二つの頭を持っている象君。君だけが場ちがいなところで見世ものになっているわけでもないんだね。それにしても、誰一人として君に写真機を向けようとしないのは淋しいことだろうね。

ぼくはここで象の返事を聞こうと思ったがさて困ったことに、彼であるか彼女であるのか分らない。その眼つきで判断する能力もぼくにはない。

今日は天も薄く曇っていて、夕陽もとろんとしている。

（一九五五年　四〇歳）

花

もう数年前になるが、ある放送の録音のかえりに、その日に貰った出演料で顕微鏡を買った。中学校にでも入った時にお祝いに貰う程度のものであるが、全くのおもちゃではなく、一応函(はこ)にも入っているものだった。それでも私にしてみれば、こんな上等のものはこれまで持ったことがなかったし、嬉しくてたまらなかった。私は自分の自然の勉強がまた急におもしろくなった。

毎日仕事を後廻しにして、小さい花をとってきてのぞいてみたり、花粉の形をスケッチして少しずつためたりした。するともう少し倍率の大きいものが欲しくなってきた。たぶん私は、花粉の図鑑を自分のために作ろうなどと考えはじめていたらしかった。

しかし自分はそれを専門に研究して行くものでもないので、レンズをとおして見る世界の美しさに見とれるのが一番たのしいことが分り、倍率の大きいものを無理をして買う気持も消えた。それ以来、私の顕微鏡は毎日使う道具ではなくなったけれど、必要に応じてのぞいていた。

私は街を歩いていて、いろいろの店先で足をとめ、ショーウィンドーの中のものを見るのが好きであるが、時々欲しいと思うのは双眼顕微鏡だった。そしてこれをねだって買ってもらう親がいなくなったことを淋しく思った。

数日前、私のところへ、すばらしいものを持ってきて、これで何かのぞいて見てくれないかと言って、それを置いて行った人がいる。双眼実体顕微鏡というものである。

私は庭からデージーの花をとってきた。そしてどんな期待を抱くこともさし控えて、ピントを合わせた。白い靄(もや)の中に赤味を帯びた一つの混沌(こんとん)が現われかける。ネジを廻す手をとめる。

このカオスは、私にとって全く新しい世界の出現を前にして、幻の層の中にねむっている。私の胸は知らないうちに踊りだしていた。期待を抱かずに接眼鏡に向って目を見開いていることは何というむつかしいことだろう。そんな躊躇のうちに乱れるような心をもてあそんでいるよりは、早く明確な世界を呼びよせて、そこで恍惚(こうこつ)としてしまった方がよさそうである。

私は再びネジを廻す。赤っぽい部分が一つ凝集のうちに一層赤くなりまたそれと隣り合ったところに黄色の部分がかたまり遂に鮮やかな世界が生まれた。

それはしばらくのあいだ、私にとっては拡大されたデージーではなかった。こんな大きなデージーはあり得なかった。艶と光と色とによって組み立てられた一つの集りだった。何に似てるとも思われない一つの場所だった。

私は知らずに怺えていた息をはく。それから目を離して、どっしりと大きな、この顕微鏡を眺める。それは、昔、まだ幼いころにはじめて拡大鏡を手にした時の、今はもう覚えてはいない驚きと同じものだったに相異ない。

庭にはチューリップが咲いている。桜草も咲いている。山から移し植えられた落葉松(からまつ)の新しい芽もほぐれかけている。小さい虫たちが花を訪れる姿もある。一切が私にとってはそれぞれの未知の世界を出現させる玉手函のように見えてきた。それらのものを片っぱしからこのレンズの下に置いて、毎日朝から眺め続けていても、私の残りの生涯だけでは足りそうにもない。

私は殆んど仕事をそっちのけにして、さまざまのものを覗いた。それは顕微鏡とちがって、見る前の何の用意も要らず、手あたり次第に物を置くだけでよかった。

私には、まだ最初のあの驚きが持続しているせいか、何かをしらべて見ようという気持が起らない。何かをしらべようとするのは、あの驚きに比べれば、いやしい野心のようにさえ思えるのだった。

ただこういうことは分った。それは、肉眼で見ている時と違って、すべてのものが美しいものと醜悪で薄気味の悪いものとにかなりはっきりと分れることだった。眺められるものの本質として美しい醜いがあるのではなくて、私自身がそれを感じるのである。すると私は単純な驚きにいっぱいになっていた状態から別の状態に変ってきたのかも知れない。


（一九六一年　四六歳）

黒い雀

黒という色には独特の魅力がある。これは別に最近の流行ではない。白と黒とは色ではないように思われるときもあるが、赤、黄、青などさまざまの色の中にあるとき、黒は知的な感じさえして、それを見ることによって気持が安心したり、忘れていた奥ゆかしさを想い出すこともある。

しかし黒ほど派手な色はないこともある。こんなことを考えると際限がないが、黒い雀はそういう派手な雀ではない。まっ黒けになってしまった雀である。

安保条約反対で朝の電車がとまったころだから六月中旬である。学校は三時間目からはじまるというので朝食をすませた子供が自分の屋根裏部屋で何かやっていた。その子が大変だよと言いながら体をすぼめて階段をかけ下りてきた。

雀が煙突に落ちたらしいという。私はそれは大変だと思った。本屋さんがきていていろいろ相談している最中だったが、すこし待ってもらうことにした。私の家の煙突は、家の中央にあり、途中に、ルンペンストーブからのブリキの煙突をつっこむ穴が下の部屋にも屋根裏部屋にもある。ひょっとしたらそこから出てくるかもしれないと思って両方の蓋をあけ、一番下のすすを掻き出す四角の蓋もあけた。

雨が降っていた。雀も雨に濡れるのがいやで、屋根につき出た煙突の笠の中にかくれようとして、それで落ちたのではないかと思う。だが雀はいっこうにどの口からも出てこなかった。私はそれでも雀のことを気にしながら、本屋さんとの話を進めていると、すすを掻き出す口からいやに小さな顔をちらっとのぞかせた。

私はそのとたんに吹き出した。雀はまっ黒になっていた。その顔つきは、いたずらっ子のようだった。雨に濡れた体を、煙突の中でばたつかせながら一番下まで落ちて来たのだから、すすはこってりついた。その雀はおどおどした容子はむしろなくて、胆をつぶしたという姿だった。そのきょとんとした眼を見たとき、まっくらな煙突の中ではつぶっていたろうかとそんなことを考えた。やっと見つけた明るさの中には、自分の仲間はいなくて、人間が自分を見守って狼狽(ろうばい)している。これはいったいどういうことになったのか。あの小さい丸い頭ではちょっと考えきれなかったにちがいない。

床板の上を歩いてみる気がやっと出てきた雀を、私はそこから一番近い台所の戸口へ案内するのに骨を折った。先を歩いてもついてこないし、後から追うと方向ちがいへ行ってしまう。

まさか食べないだろうと思ったが、飯粒をひとかたまり戸口に投げてみた。すると雀は勇ましくあぐりとかぶりついた。人間ならこれほど大きなショックを受けたあとなどは、食欲はそうすぐには出てくるものではないと思ったが、雀は嘴(くちばし)いっぱいにくわえ、それが喉につかえて困っている。背中を叩いてやるわけにも行かない。

やっと外へ出て、こっちもやれやれと思ったが、雀はなかなか飛んで行こうとはしないで、翼や尾羽をひろげている。どうみてもきたない雀である。なるほどこれではみっともなくて仲間のところへは戻れまいと思った。私は犬や猫に話しかける癖がうっかり出て、水浴びするなら水を汲んでやろうかと言った。

コンクリートのたたきの上に黒い雫が落ち、ついに全身をふるわせたときには黒い飛沫だった。だがこの雀はきっと屋根へ戻って行ったと思う。それがまた翌日もその翌日も雀は同じようにまっ黒になって落ちてきた。中にはとちゅうの、屋根裏部屋にあいている口から飛び出して留守中の子供の寝床で遊んでいるのもいた。日に三、四羽落ちることもあり、その度に三ヵ所の穴の蓋をあけるのがひと仕事だった。

私はしまいに考えた。雀は落ちるのがおもしろくなったのではないか。落ちた奴が仲間に、落ちてみろ、スリルがあるぞと言っているのではないかと思った。

あるときは、蓋を中からトントンと叩いて、いかにも開けろというふうで、開けると二羽ならんで出てきたのには少々あきれた。その二羽は落ちついているというよりも相当図々しくて、玄関の方から出ようとする。そして、まるで私の作り話のようだが、思い出したように、食卓の方へちょっと戻って、食べこぼしのパン屑なんかを食べ、それからふたたび玄関の方へくる。

じっと見ているといくらでもすき勝手のことをして行くようだった。玄関のわきの私の仕事部屋をわざわざのぞいて行くのもあった。積みあげた本の上を渡り、へりにとまって、本の背文字をのぞいてみるような振りをするからいやになってしまう。それが鳥類図鑑かなにかなら似合いなのだが、女性講座の中の「金銭について」であると、私はなんということもなく雀にばかにされたような気持になる。

雀たちにすっかり家の中を探検されたが、出てくる雀を見るともうあまり黒くはない。私は屋根にならんでいる雀を見ながら、君たちの考案した遊戯のおかげで、ありがたいことにはすっかり煙突掃除ができたぞと言ってやった。

（一九六一年　四六歳）

無為の貴さ

退屈している人の姿を想い描く時、その人は身の置き場がないように、立ってみたり坐ってみたり、書棚の前に立って、既に読んだ本の中から、もう一度読んでみたいと思う本を探したりする。その動作には全く落着きがない。約束の場所に相手の人が来ないで苛々し出している人とそっくりである。退屈とは、何れにしても、何も手につかない苛立ちのことである。

退屈している人は、欠伸(あくび)はするかも知れないが、そんなに動き廻ったりはしないものだと教えてくれる人がいる。確かにそれもそうである。全然動かずに苛立つこともあるから、それも認めることにしよう。

だが動かずにぼんやりしている人を直(ただ)ちに退屈している人と決めてしまうことは出来ない。一日、何もしないでぼんやりしていたという人に向って、それはさぞかし退屈だったろうと同情するものではない。ぼんやりしているのと、退屈をしているのとは大きな違いがある。

ぼんやりしているのは人間にとって非常に大切な貴い時間である。単に漠然と貴いと言っている訳ではなく、この間に、本人はどの程度意識しているか分らないが、必ず貯えられているものがある。

どんなものが貯えられているか。例えば。いやそんなに性急に畳みかけるように尋ねるものではない。

ぼんやりしている人間を見て、それを素直に受取れない人は、何か考えごとをしていると思う。一体何を考えているのだろうか。何か特別の事情があって悩んでいるのではあるまいか。いや、それよりも、ひょっとすると、自分がこちらから不安そうな顔をして見ているのが分っているらしいから、当て付けにあんな容子をして見せているのかも知れない。

ともかく人間はお節介で、他人のこうした容子を見た時に放って置けない。

幼い子供もぼんやりしていることがよくあるが、これが別段大して珍しくもないのにその容子を見ると大人は非常に気を揉む。可哀そうに。何がそんなに淋しいのだろう。親がいつの間にか見えなくなったのではあるまいか。それとも、誰かにひどい仕打ちを受け、それに対して何をする力もなく、口惜しい想いを怺えているのではあるまいか。そうではなく、拾って大切にしていた一本の赤い釘を何処かで落して探しても見付からず、それを悩んでいるのかも知れない。

確かにそうした原因があって、悲しい想いに沈んでいることもある。ただ、ぼんやりしているのか悩んでいるのかは、かなり子供の近くまでそっと行って見ても見分けのつきにくいものである。それ程外見や表情がよく似ている。

それに、大きな思い違いをしている人もいる。子供が長い間ぼんやりしているはずは絶対にない。あれはもう自分の人生が終ったと思い込んでいる人間のすることで、生まれてまだ二年か三年しかたっていない者がぼんやりするのは異常だ、きっと何処か具合が悪いのだろう。

子供にとって、ぼんやりすることは確かに必要なのである。あの間にどれ程育つかを知らずに心配ばかりしている親もいる。人間は或る種の昆虫のように蛹の時期がない。ぼんやりするのは、ちょうど蛹の時期にあたると思っていい。蝶は幼虫から直接翅が生えて空に飛び立つ訳ではない。羽化するためには、蛹となって静かに冥想しているような長い時期がどうしても必要である。

親は子供が、一日中元気よく動き廻り、跳ねて遊んでいることを願っている。もしじっとしている時があるとすれば、好奇心を抱いて、事物を見たり聞いたりしていることをひたすら願っている。少々虫のよすぎる願いではあるが、それはそれで分る。何故なら、餘り屡々、一日に何時間にも亙ってぼんやりする習慣のある子供には、充分注意する方がいいからだ。

何処かの石段の途中、縁先、砂丘の天辺、その場所はどこでも構わない。何かに倚りかかって、何を見ているのか分らない眼差しで、ただじっとしている時には、矢鱈に駈け寄って、どうした？　などと声をかけない方がいい。放って置かなければ気の毒である。それは眠っている子供を無意味に起こしてしまうようなものである。

私は以前に知らない子供からこう言われたことがあった。

公園の隅で、その子供は一枚の葉の上で天道虫がじっと動かずにいるのを見ていたので、どうしたのだろう、ちっとも動かないいね、すっかり疲れたのかね、それとも……とたて続けに話しかけた時だった。その子供は私の顔をじっと見てから、天道虫はいつも何かしていなければいけないの？　何もしていないことだってあるよ、と教えてくれた。

（一九八一年　六六歳）

動物との対話

有袋類は胎生であって胎盤がない。そのために胎児は不完全な発育状態で生まれてしまう。カンガルウは受胎してから約四十日後には生まれるが、そのままでは育たないので、育児嚢という袋があって、生まれた子供は多分自力でその袋の中にもぐり込んで発育を続ける。

これは動物学の復習である。どうして同じ哺乳類でありながら胎盤のない種類がいるのか。これは動物学では考えないことにしている問題である。それは専門を決めた学者にとっては、用心しなければならない穽である。それに動物学の中でもこれに似た奇妙な例は幾らでも挙げられる。そして人間だけには、理解しにくいような奇妙な器官がないなどと思ってはならない。

鳥類は卵を産み、それを放って置けば孵化しない。それを抱きあたためるために、鳥には抱卵斑（らんはん）というものがある。そこには綿毛や脂肪がなくて血管が集まり、卵をあたためるのに都合がいいように皮膚の温度が高くなっている。

その他、自分の子供を育てるために、また敵から子供を守るために、どれ程の配慮が行われているか、それらの書かれている動物の本は興味を持たれ、感動を与える。

親は自分の少年少女時代の感動を蘇らせて、或る機会にそれらの話を子供に聞かせ、動物の生活を書いた本を読ませる。人間はこうして教育の材料を見付け出すのが巧みである。それに効果も期待出来る。

然しお膳立の出来過ぎた与え方は効果が薄れ、時には逆の効果の現われる虞（おそ）れもある。

それよりも、子供は或る機会に、動物の生活の一部分に出会うことが必ずあると信じよう。その時には餘計な口出しをしてはならない。仮令（たとい）、いきなり残酷に見える行動に出ても、それも黙って見ている忍耐を養って置かなければならない。自分が産み、自分が育てている子供のことは、自分以上に知っている者はいないという自信は必要だが、自信は思い上りに変貌し易い。

親の眼に残酷に映る子供の行動には必ず何か別の意味が含まれている。残酷な行為だと親に教えられるよりも、自分からそれを感得する方がどれ程値打があるかを先ず考えることである。それが親にとっては一番難しいところかも知れない。

動物と子供との間には、特殊な対話がある。だが、それを題材にして大人が創った物語にはかなり用心しなければならない。それらの大部分は人間性の匂い豊かな舞台で演じられた芝居のように書かれているからだ。シートンの『動物記』を子供に与えていいものかと躊躇している親は、この本をかなりよく読み、大事なところを読み落としていない。

ファーブルは子供のような人であった。昆虫の気持を知ろうとして屡々苛立ち、プロヴァンスの畑の中で、時々は残酷とも見えることをしていた。

動物をじっと見ている子供に、最初から何が何でも動物愛護の精神を期待したり、生命の尊重を悟らせようとしてもそれは無理である。蚤を飼育して見ようと思い立った或る少年は、蚤の食事の時間を決めて、自分の腕にとまらせて血を与えた。その方法は自分の皮膚の最もやわらかい部分を毒虫に提供し、時計を見ながら何分後には虫が毒針を刺した部分がどんな変化を見せたかを記録しているファーブルの思いつきによく似ている。

この少年を動物愛護の模範生のように扱う人がいたら、その思い違いを嘲う。それよりも蚕を飼育する子供を黙って見護っていた親を讃(ほ)めなければならない。

親は屡々子供に玩具の一つとして小動物を与える。愛玩用として選ばれたさまざまの小動物の多くは、その親子の犠牲になる。犠牲のすべてを救い出そうとする憐愍(れんびん)の情は、直接何の関係もない第三者が抱いて、それによって批評をするものである。その批評に耳を傾けて見ると、子供と動物との間での対話がどの程度大切なものかを忘れているか、さもなければ見誤っている。

対話という言葉も或る雰囲気は持っているがそれだけに誤魔化しが含まれていて餘り使いたくない。玩具の一種として親は動物を与える。子供は掌に乗る程の小型自動車と、一日中車を回転させている二十日鼠(はつかねずみ)とはきちんと区別をしている。本来はどちらかを選ばせるということの出来ない別種のものである。小型自動車とは子供は対話をしない。そこまで言うと、子供がしている小動物との対話の意味がそろそろ理解されて来る。人形に向って子供はよく話し掛けるが、それは大人の真似に過ぎない。動物との大切な対話は沈黙のうちに行われているのが普通である。名前をつけてその名を呼び、餌を与えたり叱ったりしている時は人形への話し掛けと同じである。それは大した問題にはならない。

その、沈黙の間に行われる対話の聞こえる耳を持っている者は、残念ながら一人もいない。

（一九八一年　六六歳）

β Cyg

寒月の下での躓き

月と金星との、地球の或る場所から見た場合の位置の関係について、詳しく正確に説明することは出来ない。口惜しいことだと思うなら、計算の仕方ぐらい調べればいいのに、天文年鑑などに書かれていることを信じて空を見上げている。

一九九三年の冬は宵の明星が目立って光り、寒い風の吹く夕暮に、双眼鏡を携えて近くを歩き、日毎の星の位置の変化を確かめるため場所を定めて立っていて、冷え込んだ。

年鑑によると、その年の二月二十四日十八時五十分、最大光度がマイナス四・六等になる。そしてそれだけではなく、月齢二・六であるから、三日月と金星との位置が果してどういうことになるか楽しみにしていた。

「金星の輝きはまことに見事であった。明るいうちから見ていたが、薄暗くなってから双眼鏡を持って庭に出てみると、正午の月齢が二・六だから三日月と言っていいが、それが程々に離れて金星を受ける形で素晴らしかった。」これは私のその晩に書いた日記の一部分である。

そんなことに関心があるかどうか、ともかく数人の親しい人に電話をかけて知らせた。すると、急に天文に興味を抱いて、金星が何故夕方か夜明けにしか見えないのか、その理屈が判ったと言って悦んでいた者もいたし、今見ているところだ、邪魔をするなと言って電話を切った者もいた。中には切角前々から教えて貰っていながら、その時刻にうっかり別の用事をしていて見損ってしまった、と行成謝った人もいた。その日その時刻にだけ金星が輝き出すとでも思っていたのだろう。

だが考えてみると、金星に限らず、星の光だけであったら、人は餘りその光度には関心を寄せない。月との距離が近くなったというのでそれを珍しいこととして眺める。しかもそれが満月ではなく、細い三日月だから特別の関係を見て身近に引き寄せる。受ける。見詰める。語り合う。顔を背ける。そんな具合に二つの天体の擬人化を楽しんでいると言ったらいいのだろうか。

＊

最近、真夜中に近所の道を歩いた。特別その必要が出来たというのではない。もう少し時間が出来たら始めようと考えていた調べごとがある。始めるとしたらこれまでとは少し違った方法で進めてみたいと漠然と考えていたのだが、それがどうもうまく進められそうもなく、また計画倒れになりそうな気分がしていた。まだ始めもしないうちから頓挫する場合を考えるのは滑稽なことではあるが、それでも苛々(いらいら)して来る。現にやっている仕事をすっかり済ませてから、計画を無理のないように立てればいいのではあるが、餘計なことを考えて苛々(いらいら)する。

それを暫く忘れるために歩いて気分を整えようと思った。散歩には違いないが、この場合には散歩という言葉は餘り使いたくない。

いつの頃からか夜半を過ぎると時間を見ないようにする習慣が出来て、何時頃か正確には判らなかった。それでも三日前に満月が過ぎて少し缺け始めた明るい月の位置で、凡(およ)その見当はついていた。最終の下りの電車ももう暫く前に行ってしまって、それに乗って帰って来た人影もなく、少し広い通りを走る自動車の音も聞こえない。たまに犬が吠えるのは、私の歩く足音で人の気配を感じ、不審に思うからだろう。

今住んでいるところに移ったばかりの四十年近く前には、街灯らしいものはなかったし、月の明りのない夜はどうしても懐中電灯が必要であった。深夜の息抜に歩いていると、夜警の巡査が時々、特別上等とも思えない懐中電灯をこちらへ向けて呼びとめた。私もまだ若かったし、多分に人を揶揄(からか)う気分もあったので、何と訊ねられたのかは覚えていないが、「闇の中では考えることも出来ない」などと偉い人が書いていますけれど、本当にそうでしょうか。何も考えられない、という意味ではないと思いますが、本当にそうお思いになりますか、などと言った。するとその巡査は一瞬何を想ったのか、早く家へ帰ってゆっくりお休みなさい、と変に同情するような優しい口調で言った。私は勿論、御苦労さまです、と丁寧に言って少しは安心させたつもりだった。

*

昼間明るい時であれば、道を歩きながら何か、おやっと思うものが目に入れば立ち止まって、屈(かが)み込んでも確かめるだろう。なあんだということがあるにしても。また気になるような音がすると、それが聞こえて来る方へ足を向け、何の音であるかを確かめる。そんなことはしないという人もいるかも知れないが、私は餘程の急ぎの用でもない限り、気になることは放って置けない。

ところが闇夜になると事情はすっかり変る。たとえ灯(あかり)を持っていても不自由なものである。自分の視力がここまで衰えた、というのでもない。苦痛は私の中にあるというのではなく、それは生きていられない世界である。自分が夜行性の動物でなかったことを嘆いても意味がない。私達は或る条件の中で生きている。生きることを許されている。

それに比べると明るい月夜は幻想を遊ばせるのには好都合の世界である。今夜はうまく進められなくなった仕事の、その続きを何とかしようと思って外の空気を吸いに出たのではなく、十六日の月の光が餘り冴えているので、ただそれに誘われて外を歩きたくなった。

沢山着込んで来たし、暫くの間、灯の多い大通りを、体に力を入れ、速足(はやあし)で歩いて来たので、まだ畑や雑木の残っている農道に入って歩調をゆるめても毫(ごう)も寒さ冷たさを感じない。大層上等の気分である。

それに今は空を見上げて月を眺めるためでもない。その寒々とした鋭い月光を背に受けていると、自分の影を追って歩くことになるが、その影も斜め横に短い。今夜の月に特別の不可解な現象が起こるというのではなく、もうさんざん見て、それが確かに冬の深夜の空に輝いているのが充分に判っているので、それをまた振り返って見上げる気持が一向に起こらない。月と夜更けの自分との結び附きが大変うまく整えられていて、気分はこれ以上になく満ち足りている。

*

この豊かな寛ぎ(くつろ)の中にいて、嘗て(かつ)清浄な月光をたっぷり浴びながら歩いたさまざまの野の道、山の道、海辺の道、雪が深ぶかと積もっていた道を想い出した。

霜が、宝石などとは到底較べものにならない貴い清らかさで光り、それを宿らせた枯草の間に消えかけた小径が続いていた。自分にはその時はもう何処へ行くという目的地も消えてしまっていたので、そこを歩いているうちに、星空の中をひたすら歩き続けているような気分になった。何の不安をも覚えない静かな夢の中の想いであった。

両側が深い谷になっている尾根道を、月光をたよりに、というよりこの現実とは思えなくなる光の中へと誘われるがままに歩いたこともあった。小径を辿っていることを忘れたのか、それとも私の気が附かないうちに、道が不要になって消えていたのかも知れないが、枯れ草を踏んでいた。その可なり賑やかであった音がいつの間にか消え、私は尾根の上を飛んでいるとしか思えない気分を楽しんでいた。

波頭が崩れる前の盛り上がって来る動きがはっきりと見られる浜辺には、誰の足跡も見えなかった。打上げられている筈の藻屑(もくず)もなく、海と反対の側には砂丘が幾重にも重なって、波打際を歩くように誘われていた。空の彼方にも耳を澄ますと或る音階が聞こえるように、海からの、静かな息づかいのようなそれが聞こえていた。

また或る時は、そこを私が選んだ訳でもないのに小川に沿った道を歩いていた。川の流れの音は、それとなく私を誘い歩き続けさせていた。その音が次第に、大小無数の鈴を器用に振り鳴らしているように聞こえた。餘り綺麗な音なので、足許をしっかりと確かめた上で川を覗き込むと、月の光がそこで細かに砕け、天上からの光と地上の水の音が、繊細さを競っているように思えた。だがそれは競い合うのではなく、共に悦び楽しんでいるに相違なかった。

*

人は、自分のこれまでの生命の道程は長かったとも短かったとも思えるものだが、今それをゆっくり辿り直してみようと思うと、一切が片々としていて、何故かずっとこうした寒月の凍った夜道だったような気がする。自分が経験したことは夢ではなく、事実だったのだろうが、過去はすべて例外なく、もう溶けることのない凍った世界に閉され、これを揺り動かすことも、叫んで呼び戻すことも出来ない。専ら森閑とした幻影として凝結したままのものである。

私はこのことが何となく悲しくなり、冷たい過去の巨大な器から、これと思うものを掬い上げ、現在の体温でゆっくり暖めて、蘇生させることが出来ないものかと願う。だがそれは不可能だと判っているから願うのであって、若し蘇生が可能となれば、それを拒み続けたい迷いが必ず起こるのではないか。

過去は閉された扉の彼方で、恐らく永遠に凍ったままだと判っているから掬われ、ただ自分の羞恥の想いがそんなことを想わせたのかも知れない。

寒月の鋭い光の中で、私の想いは躓（つまず）きそうになる。

（一九九六年　八一歳）

Tsumetagai Polynices didyma

四辺形の擲揄

幼少年時代から机に向かう生活が続いているので、机と自分との関係を想い出して行くと随分長い文章が綴れそうな気がする。今使っている机は、かれこれ二十年になるが、二十二粍（ミリ）の厚さの合板を横に長く切り、塗料をかけた一枚の板で、脚も抽斗（ひきだし）もない。それを窓框（まどがまち）に懸け、抽斗のついている箱に渡し、ぐらつかないように若干の工夫をしたもので、仮りに私から机に向から生活を取上げられるようなことがあった場合には、自分の部屋からこの机らしいものを解体するのには十分もあれば充分である。

広くも狭くもつかえるその板は長方形であって、これが真四角であったらもっと便利に使えるだろうと思ったことは一回もない。その正方形の机で息詰まるような辛い想いをしたことがあった。

うっかり約束をして、期日から可なり遅れてしまった単行本の原稿を催促に来た編集長が、これ以上延ばすことはどうしても出来ないので、その出版社の近くの静かな宿の一室を用意するから、そこで仕事をして呉れと言い出した。詰り缶詰にしようと言うのである。私の家にはまだ電話がなく、従って突然の来客も多く、二つ三つの学校にも出講していたので、自分で時間を定めてそれを約束の仕事のために上手に当てることはなかなか難しかった。それで、これは止むを得ないことかも知れないと思った。それに年齢もまだ若く、新しい経験もして置きたいと思って、その勧めに応じることにした。

経験のない環境を考えて不安を抱くこともなく、むしろこんなことが習慣になってしまったらどうしようとさえ考えながら出掛けて行った。

旅に出て宿に泊ったことは何回もあるし、講演を引受けて遠方に出掛けると、自分では入る気にはならないような立派な旅館に泊められたことはある。だが東京生まれの東京育ちの私が、その中心部の宿に入ったことはなかった。

その宿は畳の部屋であったが、冬の外の音が気になる程には聞こえないし、部屋の温度も自分の家よりは遥かに暖かく、随分贅沢なことをしていると思った。こんないい条件の中に置かれて仕事が予定していた程に出来なかったら罰があたる、と単純に思い込み、いそいそした。そして仕事に取り掛った。

*

ところが仕事に取り掛り一時間程してひと休みしている時に、何とも奇妙な気分になった。と言うより不快な気分に襲われたと言った方がいいかも知れない。時間から言えばこれから仕事がどのくらい捗るか、先に向かって気持が明るく踊り、それを操る嬉しさが自分を引っ張って行ってもいい筈なのに実際はその逆で、暗く沈んで行くばかりであった。

こんな状態では無理に先を書き進めても調子が狂ってしまい、結局、読みなおして書き改めるより仕方がないようなものを書いてしまいそうで、使い慣れた萬年筆を手に持つような気持にはなれなかった。

それでは考えをひと先ず切り換えて、この不可解な気分を起こさせた原因を探って、何かを見届けなければならない。先ず部屋の中を見廻す。電気スタンドは自分の部屋のものとは違うけれども、そんなことを気にするような自分ではない。立って、天井から下がっている電灯をつけ、あたりを見廻してみたが、自分の部屋とはすべてが異なっているけれども、それは承知の上のことである。

自分を落着かせるために用意して呉れた魔法瓶の湯でお茶を入れて飲んだ。その一服で少し爽やかになり掛けたが、それでももっとこれだと思うような原因がある筈で、なお見廻している時に、それを見附けた。

それは机であった。上等な、どっしりとした、と言ってもそれ程重くない机であった。この部屋へ案内された時に、編集長と一緒に機嫌よく食事をしたその机である。彼が引き揚げてから、宿の人が念入りに拭いて、食卓が仕事机になった。

そのことが私に作用を及ぼした訳ではなく、その机が正方形であったからである。編集長とそれを食卓として使っていた時は、正方形の机を半分ずつ使っていた。その境界線は曖昧であり、共有していることにもなる。言い換えれば、必要が二人の間に正方形の机を置き、それが有効に使われていた。それを四人で囲んでも三人で囲んでも別に不都合はなく、そのために正方形であることを忘れさせている。

ところが私が気が附いた時、正方形の机を決して有効に使ってはいなかった。辞書や必要な参考文献を沢山携えて来て、この机の上に置いていたら、机が正方形であることが都合よく使われ、正方形であることにも気附かずにいたかも知れない。

*

三日後に、一応忠実に仕事を済ませて帰宅した。だが家にいても、外出して街の中を歩いていても正方形が気になり出した。その順序としては身近に正方形に造られた物を探し、それが何の必要から正方形に造られているかを考える習慣が出来てしまった。

巻尺と細かい目盛のついた定規と、時には拡大鏡も携えて街を歩き、更にさまざまの店に入り、真四角に見えるものを見附けると、その品物を手帳に書き留めた。その手帳は何処(どこ)かに保存はしてあるが、すぐには見当らない。ざっと想い出してみると、舗装道路に使われているコンクリートの敷石、タイル、折紙、方眼紙、碁盤(ごばん)の目、電柱などに使われている太い捩子(ねじ)の座金、薬局に入ると薬壜(くすりびん)を入れる厚紙の箱の蓋の部分もほぼ正方形のものが多い。だが、これらの物も定規を当ててみると正確には正方形と言えない。ハンカチなどは新しいものでも畳んであるし、服の隠しの中で、常時皺だらけになっているので正方形の仲間には入れたくない。それと眼の錯覚である。正方形と思っていても、極く僅かに歪んでいる物が案外多いし、この中には製造の過程での狂いもあるだろうし、必要があって、僅かに狂わせざるを得なかった場合もあり、神経質になって来ると、正方形探しも油断が出来ない。今、この文章を、春秋社の二百字詰の原稿用紙に書いているが、その一つ一つの枡目は正方形に見えるが、拡大鏡を使って測ってみると、〇・三粍程度縦長である。行間が九つあるが、その行間を〇・三三…粍ずつ狭くすると、枡目はほぼ正方形になる。ただし、私達の使っている漢字と平仮名は、縦長であったり平たくなり勝ちであったりするので、正方形の枡が一般的に言って書き易いかどうかは判断が難しい。

*

私は時々文房具店と画材店に入る。足りなくなった絵具や筆などを買うためである。画帳を探すこともある。大小、紙の種類などでその種類は多いが、正方形の画帳を見掛けたことがない。一度、次第に玩具の要素が濃厚になって来た文房具店で十糎（センチ）程の正方形の簡単な手帳を見掛けたことはあるが正方形の画帳は少なくとも日本にはない。

何故だろうかという疑問を抱く前に、三回程簡単な縁を造って貰って顔馴染（かおなじみ）になった額縁製造の小さい仕事場へ出掛けて、十六糎（センチ）ばかりの正方形の白木の縁を拵（こしら）えて貰った。絵が出来てからそれに似合った色を縁に塗る積りで正方形の絵を描きはじめたが、何枚試みても納まりが悪く梃子摺（てこず）った。

専門の画家の描いた正方形の絵を幾つか想い出して画集を見たりした。比較的数多く見ているものの中では木村忠太に正方形の絵が多い。その画風から言ってもそれは決して不自然ではない。然し長い間見ていると、自分の方に問題が浮び上がって来る。描きたいものを描きたいように描けばいいのに、何故正方形に拘（こだわ）るのか。正方形の机で文章が綴れなくなった私には、正方形の絵も描けない、という結論は少々滑稽かも知れないが、何か通じるような気がして仕方がない。

私は中学時代に用器画を習った。画用紙には定規、分廻（ぶんまわし）を使い、烏口で、正五角形だの楕円形だの、可なり複雑な図形を描かされた。その時に教えられたような記憶もあるが、黄金分割（黄金截）を想い出した。

この黄金分割については今更説明の必要もないが、分割の関係を整数によって示すことが出来ないことに奇妙な気持を抱いた。3：5，5：8，8：13，13：21の比に近いというだけである。しかもその分割の比が非常に美しいものだ、ということになると、人間の抱く美に対する気持が大雑把で曖昧なもののように思えた。そしてこれは、黄金分割を仮りに知らなくとも、美しいと感じたものは美しく、また、それは絶対のものでもないことになる。

ル・コルビュジエが考案した「黄金尺」（モデュロール modulor）を見たことはないが、それは非常に複雑で実用化されなかったと言われている。だが、用器画で教えられた図形によって黄金分割による矩形の物指を拵えてみることは出来た。これによって、例えばA5判と菊判の本、B6判と四六判の本などの何れの方が美しいか、更に額や窓やさまざまの長方形のものを測ってみることは出来るが、美しいと思う自分自身の気持の方が誤りが少なく、確かである。

（一九九六年　八一歳）

望診

電話が鳴る。この時刻だと先ず彼だなと思って受話器を耳にあてると、今いいかい、と言ってから話を始める。ここで彼のことを詳しく説明する必要はないが、小学校以来ずっと続いている友人である。途中で文科と理科に分れ、彼は医学部に進み、私は文学部に入った。だが彼は医学部を卒業して開業した訳ではなく生化学の勉強をずっと続けている。どういう内容のことに関心を抱いているのか、その辺のところは私には説明出来ない。

大学を卒業してから数人で文藝雑誌を出していたが、その同人の一人であった。彼が『病(やまいの)草紙(そうし)』[1]について詳しく絵入りで書いたものが検閲に引っ掛って警察に呼び出されたり、木下杢(もく)太郎(たろう)[2]から原稿を貰って来たりした。細かく調べて書くのが好きなのである。

彼からの電話もそうしたことが多く、デカルトが生まれた年と死んだ年を確かめたいのだが、手をのばせば哲学事典があるだろう、と言う。そして、一五九六年から一六五〇年と教えると、矢張りそうだったのか、いや、ありがとうとだけ言って、それがどうしたのかは説明しない。

彼も人間であるし、私と同じ年齢であるから体調を崩したり、不安になって診察を受けることもあり、そういう報告も電話でする。

この間は、一応話が終ったところで、行成（いきなり）、君は望診という言葉を知っているかい、と言った。望は希望の望、のぞむ、診は診察の診と教えた。私は別に博学博識を誇っているわけではないし、知らないことだらけなので、知らないと言った。何か聞いたことがあるようだがちょっと想い出せない、などという悔しさを誤魔化すような言い方はしないようにしている。

だが直ちに説明をされると、成る程と思ってもその時限りで忘れてしまうことが多いので、一応自分で調べさせて呉れ、その上でよく理解出来ないところは詳しく教えて貰うよ、と言ってその晩は電話を切った。彼に講義をされる前に、予習をして置こうという優等生の心構えである。

望診という言葉は、平素机上に置いて使っている小型の辞典にも出ていた。私は辞典を使う時、その項目を見附けて読み、それだけで疑問が解決された時に、その辞典を閉じる前に、その近くに載っている項目に目を移して読み出してしまう癖があるが、これは私だけではないようである。例えば「総理」は内閣総理大臣の略だということで、何となく面白くなく、わざわざ辞書を開く必要もなかったと思っている時、その隣に「草履」が並んで出ているのを見ると嬉しくなり、こうした隣合せの面白さを探し出してしまい、結局何の必要があってこの辞典を開いたのか判らなくなってしまう。

望診に戻らなければならない。

辞典の各項目の説明は、なかなか厄介なものであることは私も経験があるので充分承知していることである。「望診とは漢方で四診の一つ。顔色・舌の色・肌のつや・肉付きなどを目で見て診断する方法」という。同じ辞典の「四診」を見ると「漢方の診察法で、望診・聞診・問診・切診の四つ。」辞典の不備を見附けるために頁を繰っている訳ではないが、四診の全体の説明についてはなかなか私には整理が出来ない。日本の漢方医学をも含めて中国伝統医学の診察の方法ということになると、私のところにはそうした資料は揃っていないし、短時間では到底無理である。

百科事典の類(たぐい)も勿論開いたが、私の備忘の帳面には、「望診＝視診、聞診＝聴診、問診＝問診、切診＝触診」だけが書き写された。ところが、望診と視診とはどうも別のように思われたので終りにしてしまう気になれなかった。それを応援して呉れるものに、望診の似たような説明の後に、「全体的な挙動から精査すべき部位を把握する」と書いてある本があった。

*

現代の人間が一生のうちにどの位医師の世話になるものか、その平均が何回かという統計を見た記憶はないが、私は自分で然程(さほど)多い方ではないと勝手に思っている。それでも長い生涯のうちには風邪をこじらせてしまったり、歯が痛くなって我慢をしているうちに顔が歪んだり、おなかをこわしたり、魚の骨を喉に立てたり、腰が痛くなって歩行が困難になったり、不安になって診察を受け、可なりお世話になっている。

その場合、待合室にいて順番が廻って来るのを待っている。気を紛らせるために本を読んだり、痛みを怺(こら)えるのに正面の壁の一点を凝視していたこともある。だが今想い出そうとしているのは、名前を呼ばれて診察室へ入って行った時のことである。

病院の大小には殆ど関係なく、呼ばれて入って来る患者を医師はじっと待ち受けていることもあるし、向かい合って椅子に腰を下ろしても、患者の方を見ずに忙しそうにしていることもある。そして恐らく前の患者のカルテらしいものを整理しながら、暫くして、どこが悪いの、どんな具合にと行成問診が始まる。

私は患者としてそれがよくないなどと思ったことはなく、それがこの先生の患者への対し方なのだと思っている。ところが或る時、初めて診察を受けに行った医院で、診察室から呼ばれて扉を開けて入ると同時に、これから診察をして戴く医師の視線を感じたことがあった。鋭さは巧みに隠されているが、何かを観察されていることがよく判り、私はその扉を締めてから動いてはいけないような気がして立っていると、看護婦さんが、お掛けになって下さい、と私を導いて呉れた。

この医院には三、四回通ったが、最初の時程ではないにしても、いつも必ず私が診察室へ入った時の挙動を見られている感じが強かった。だが私はそれを強く感じただけで、先生はただそれとなく私の容子を見ておられたに違いなかった。今になって考えてみると、これが望診だったのだと思う。

*

そうした意味での望診、或いはそれに極く近いことは、私たち誰もが屢々やっていることである。ただそれをはっきりと意識してやっているか、ただ自然に無意識にやっているかの違いはあるかも知れない。けれどもそれが始めて会う人の印象として、時には決定的な力となり、その後この人と附合う場合の人間関係を良くも悪くもしている。

もう何年も前のことであるが、或る大学に出掛けて教壇に立っていたことがあった。続けているうちに専任の教師にさせられ、そうなると、講義だけをしてさっさと帰ってしまう訳にも行かなくなる。例えば入学試験の行われる時期になると、試験場で監督をしたり、答案の採点もさせられる。人の運命に関係することなので落度があってはならない。

その入学試験の際に面接の役がまわって来たことがあった。その際に受験者にどういう質問をし、それに対しての答えが合格不合格にどのように関係するか、そこまで詳しく書くのは差控える。兎も角名前を呼ばれて面接をする部屋に入って来る受験者は、多分、平素よりは餘程緊張しているに相違ない。

質問をする私たちは三人であったから、三対一でこれは到底敵わないと思って、私でも平素のままではいられそうもない。受験生が呼ばれて入って来て、私達三人の前の細長い机を挾んで一つぽつんと置いてある椅子に腰を掛けるまでの、一人一人の動作や表情を見るのが、気の毒と思いながら大層興味があった。この人が普段どういう人物であるかは、勿論それだけで見抜けられるものではないが、何となく見当はつけられるような気がした。質問が始まると、それに対して答える時の態度はまた変ってしまうが、それ以前のいわば第一印象と言えるものの観察は、この望診ということによく似ていた。印象が餘りはっきりしない場合もあるが、自分を飾らないところがちらっと見えた。

＊

私のところへは訪問客が割合よく見える。その殆どは原稿依頼のためであるが、前々からの馴染の場合は別として、はじめての方であると、こちらの都合を質ねる電話の声や言葉遣いで、私は先ずこんな人物ではないだろうかという印象が組立てられる。そして約束の時刻になると、こちらも窓の外を気にして、多分こんな人物が現れるのではないかと思いながら待っている。いよいよ訪ねて来て玄関先で挨拶をする前に、一瞬ちらっと見るその人の容子、むしろ第一印象以前の微妙な判断、これがなかなかなかばかにならない。

それによって話がうまく進み、こちらも快く約束をした題材について、熱を入れて少しでもいい文章を綴ろうと努力をする。

また逆に、第一印象の自分の中での喰い違いのために、これでは気持が入りそうもなく、書いてしまってからごたごたするのは困るので、折角(せっかく)遠方まで訪ねて戴いて悪いと思いながら、お断りしたことも何度かあった。

漢方医学でも、望診だけに頼ることは出来ないと同様に、私達一般の人間関係もそれだけに頼り切ってしまうのは危険で、お互いに理解する努力も当然大切である。(一九九六年 八一歳)

隠れている姿

哲学者、自然科学者の伝記や、藝術家と言われている人達の日記の類をこれまでいろいろ読んでいるが、自分の部屋や家全体を掃除している場面に出会った記憶は残っていない。尤も私が今想い浮べようとしているのは、他人の生活振りを黙って見て行って、その欠陥、自堕落を吹聴するような人物が久々に訪ねて来ることになったので、玄関先から部屋の中を急遽片附け掃除した、という類のものではない。綺麗好きであるかどうかは別として、朝に夕刻に箒を持たないと気が済まないので……という日常の一場面が書かれているかどうか、と言うことである。

私は四十年近く前に建てて貰ったこの家が少しでも長く健全でいて貰いたいという願いから、また一応不要だとも判断出来る物をそれならと言って捨てられない性分で、家の中が乱雑になり勝ちであるため、少なくとも表面の見えている床の部分、柱、時々は天井などを、叩(はた)きをかけ、掃き、そして雑巾(ぞうきん)をかけるように心掛けている。そんなことでもしないと、終日、体をやや活発に動かす機会が全くなくなり、食欲も衰えて行くばかりなのでそれを続けている。

私は哲学者でも科学者でも、また藝術家でもないが、ひたすら無心になって掃除が出来る訳でもないので、昔ながらの合理的な掃除の道具を使ってこの行動を続け、その日その日によって、さまざまのことを考える。それが楽しいなどとは決して書くまい。

＊

ここまで書いたところへ郵便物の束が届いた。書き終ってからその束を解こうと思ったが、その束の間からのぞいている外国からの絵葉書を抜き出してみる。差出人の名前が書いてないが、その読みにくい文字を見ただけで誰であるかは判明した。絵葉書に沢山のことを書こうとするので、後半から終りにかけて次第に字が小さくなり、どうにも判読出来なくなる。

こういう時には無理に読もうとせずに、少なくとも三十分他のことをしてそれから読む。それでも読めなければ、また三十分全く別のことをしてから読む。これで三度繰返すうちには大体何かのヒントを得ることが出来る。貼ってある切手をみると、ラ・フォンテーヌの寓話の一つを図柄にした珍しいもので、それが二・八〇フラン、もう一枚の切手は三・四〇フラン。寄せると六・二〇フラン。この絵葉書に貼る切手は四・七〇フランでいい筈である。恐らく寓話の切手を私に見せたいことと、一・九〇フラン分の切手がなかったのだろう。この推理を念頭において読めなかったところをじっと見ていると、「Essai nucléaire の仏に寄付」というところが読めたのである。

どうしてこんな話になったのか。

私は毎夕、床板の上の埃を掃いてから雑巾をかけながら、床板の杢目が偶然見せてくれるさまざまの形、記号、表情を見ている。そこには以前から魚の顔があったり、萎れた薔薇があったり、鞍馬に失敗して尻餅を搗いている人がいたりする。そして殆んどの場合、一度そう思ってしまうともう別の姿や形には見えなくなる。

だがその中で、これは確かに何かの形か表情ではあるが、それが何であるか判らない。判らないものとして固定してしまってどうにもならない場合もあるが、或る時突然、それを濡雑巾でこすっているうちに、これは転んだ駝鳥だ、そうではない、これが諺にある「駝鳥の計略」La politique de l'autruche だと思う。

私の家の、古びて瑕だらけになった床にはこうした姿や形だけではなく、多くの教訓さえ隠されている。この床の上には、冬になると北国でも今はもう餘り使わなくなった鉄板ストーヴを置き、煙突を立てて火を焚くが、不注意から焼焦げを拵えてしまったり、揚げものの油をたらした染みがいつまでもはっきり残っていたり、これが掃除の途中で突然教訓を垂れるのである。

*

私の周囲には木製の机、椅子、その他の家具や若干食べ物を盛る木の食器の類がある。この木鉢は四国でこれを作っている職人と知り合った人が、その職人と親しくなり、意見を交換しながら拵えたものである。先ず木を探し、選んで納得の行くものを手に入れる迄には、長い日数をかけて小径もない山の中を歩き廻らなければならない。そして見附けた木をどのような角度で切り、そこに現れた杢目を見た上で改めて形を考え、それを轆轤に掛け、出来るだけ美しい自然の文様を表面に出すようにする。例えば直径が二十五糎から三十糎の器を拵える場合には原木は直径が一米以上のものが必要だという。これは往聞きの話だが、本当は山中でそういう人に出会って、素人としての問いを重ねながら、話を直接聞いてみたい。

一九三三年に発行された百科事典の項目には、杢目の美しく現れる材として、楢、樫、樺、楓、樟、七葉樹、南部松、屋久杉などが挙げられ、そこに現れる文様の形によってさまざまの名前がつけられていた。今の職人もこういう名称を使うようであるが、それはなかなか面白いので、説明は抜いて書いて置こう。泡状杢、鳥眼杢、縮れ杢（縮緬木）、波形杢、瘤杢、葡萄杢、珠杢、牡丹杢、如鱗杢、鶉杢、野鶏杢。

杢目への愛着は、ひそかなもののようではあるが、実は異常なものがあって、この沢山の名称を見ても判る。ただ杢目は、そこに塗料を厚くかけたりすると隠れてしまう。漆の職人のそれを塗る根気強さは、木を木と見せない方向へと進んで行ったのかと思っていたが、彼ら職人の中にも杢目が隠されてしまうことを惜しみ、漆に據って杢目を描き起こし、杢目を模造した。これは既に可なり古くから試みられていた。

このことを書物で知った時に、私は直ちにジョルジュ・ブラック(1)の絵を想い出した。一九一三年作の「卓上の静物」はパピエ・コレ(2)で、印刷された杢目のある紙が使われているが、例えば一九二九年の「ル・ジュールのある静物」はカンヴァスに油彩で描かれた絵である。ここに描かれた抽斗(ひきだし)が僅かに開いている木製の台の杢目は、それらしく巧みに描かれている。ブラックは画家として出発する以前に、建築塗装の見習い職人であった。この頃におぼえた塗装技術は、後に描かれて行く絵の中に残されている。

「卓上の静物」につかわれている杢目を印刷した紙のことがひと頃気になっていたが、これは、このパピエ・コレを作った前年、一九一二年九月にアヴィニョンの或る店で杢目の印刷してある壁紙を見附け、これを買ったという記録があったので、それを使ったのだろうということにした。間違っているかも知れない。

*

牛肉の大きな塊に鋭い包丁を入れる肉屋にも名人がいて、脂身や筋の位置などの構造を心得ているだけでは失敗をする。木材を扱う人も木の年輪と木質とは漠然と心得ていても、それだけでは望み通りの文様は現れない。その人達は、見えない世界から優れた形体や文様を探り出す訳だが、その達人といえども、予想外の姿が現れて、内心歓喜し或いは失望することも必ずある筈である。すべてが正確に、予想通りに行われるのであったら、こんな仕事に特別の魅力を覚えはしないだろう。

ロジェ・カイヨワはフランスの広い意味での哲学者であるが、彼の色刷の図版が四十以上入っている『石が書く』（L'écriture des pierres, 1970）は、石を切った際にその断面に現れる形、時には絵画についての考察である。彼は勿論その石を選び、そこに滲透（しんとう）している塊 nodule の質などを調べた後にこれを或る角度を決めて切断する。するとそこに、思い通りの、計算通りの絵が現れる、という訳には行かない。何か特別の形を期待してその通りのものが出現したとしたら、それは奇術である。何が現れるか判らないから驚き、それが大切な蒐集（しゅうしゅう）になった。そして恐らく、それを取り出して眺め、共に驚く人と共に新しい発見が得られたに違いない。

それは私達が見慣れている筈の天井板の節と杢目を、病気でもした際に見詰めていると、突然怪物の顔に見え出すようなものであろう。

＊

ここまで話を進めて来て、残念な空想に耽るのは餘り望ましいことではないが、私達が日毎に考え、解決をしたり途中で諦めたり、以前に到達して解決した積りになっていた事柄に疑問を抱き、その記憶がどんな姿になってどのあたりに納められているのか、それとも散らばっているのか私には判らない。

滅多にはないことだが、こうして文字を連ねて文章を綴りながら、その時の自分の偽りのない気持を表現するために、偶然うまい言い廻しをしたと思ったそれは、記憶から一応離れたようにして、何処に存在しているのか。或いは又、密かに懺悔したつもりで有耶無耶に葬ってしまったことはどんな姿で残っているのか。例えばＣＴスキャナーのような断層撮影によって見ることが出来たら……。

仮りにそれが可能だと言われた時、他人にも自分にも隠されたものの形や色を真っ直ぐに見る勇気があるものかどうか。今夜はそれを絵具を用意した上で考えてみることにしよう。

（一九九六年　八一歳）

消ゴム彫り

篆刻(てんこく)への道が、消ゴム彫りにはじまるものかどうか、それは私には分らない。全然別のものかも知れないし、篆刻の先生のところへ行って、まず消ゴムに何か彫ってみるんだなどと言われるようなこともあるまいが、藝術への道はいろいろつけられるから、そういう人もいてもいい訳である。ただ私は、昔も今も、消ゴムを彫るために買う場合が多いけれども、篆刻家にはなれそうもないし、そういう目標を立てて努力を続けたわけでもない。

また『印人伝』(1)を読んだこともあるけれど、その漢文の本には、幼ニシテ消ゴムヲ彫リ……というような文句にはぶつからなかった。

母と一緒に文房具屋へ行って買ってもらったあのナイフ、大小二つの刃が出るごくあたりまえのあのナイフを、長いあいだなくさずにずっと持っていたが今はもうない。チューリップがついていた。その小さな方の刃は普段は使わないが、消ゴムに向う時だけはこれを引っぱり出す。細くて尖っていて、こういういたずらには至極便利だった。使いなれたせいもあろうけれども、ゴムを彫り、時にはえぐり、時には不要の部分をざくりと切り落とすのに、こんなに具合のいい道具をつかったことがないという気がする。

それでどんなものを彫ったかというと、それが想い出せない。私の名のイニシアルから始めたか、MAGOから始めたか、MAGOICHIまで最初から彫ったか、それとも字だけではなく絵であったのか、絵であったとすれば版画として想い出さなければならないかも知れない。

しかしそのことよりももう少し重大なことが私には想い出される。それは消ゴムは鉛筆でかいた字や絵を消すためのものであって、ハンコをつくる材料ではないということが、そこにナイフを入れながら大変悪いことをしているように思われて仕方がなかった。

品物をていねいに扱うことは、勿論はじめには誰からかやかましく言われたのかも知れないが、これは今では私の頭にも手先にも、体全体にしみ込んでいて、人が物をぞんざいに扱っているのを見ると、ほんとうに腹が立つことがある。

ちょっと古くなったからと言い、ちょっとこわれたからと言って、ぽんぽん棄てて新しいものに買いかえるのは、それを造り、売って儲けている人を悦ばせることにはなるかも知れないけれど、棄てられる物の身になってみれば悲しいに違いない。消ゴムなんぞは安いものではあるけれど、高い安いの問題ではなく、消ゴムは消ゴムとして使われ、書きそこなった字を消したり、はみ出した線を消したりしてはじめて満足をするのであろうのに、まさかゴム印に転身させられようとは思わなかったと、悲しむような気がして仕方がなかった。

私のこんな考え、と言うより気分は、やや異常であるように思われ、事実嗤われることも時々あるのだが、ギリシアのある哲学者も同じようなことを言っている。

プラトンという哲学者の本を読むと、葡萄のふさは小刀でも何でも刃物ならば一応切ることは出来るけれども、葡萄を切るために造られている鋏を使った時に、その鋏も葡萄も満足する。どんなものにも、そのものの本性があり、それの力が見事に発揮させてもらえる時に、最もそのものの機能があらわれて満足する、というような文章があったと思う。

ナイフの方は鉛筆を削るためばかりのものではないから、あまりひどい目にあわせない限り、消ゴムぐらい彫ってもそれほど不満な顔もしていないように思うが、消ゴムの方はどうも納得のゆかない顔付である。

消ゴムも古くなるとかたくなって、よく消えなくなり、紙がごそごそに穢らしくなって困るが、実をいうと、こういう古いゴムの方が彫るのには具合がいい。この辺のところで私の方も少し気が楽になって来た。

印材として蠟石を買い出したのはずっと後であるが、それもはじめは町の小さいおもちゃ屋で、子供たちが石蹴りの時や、汽車の線路を道にかくための、あのぽろぽろのやわらかいものを使った。五寸釘に紐を捲きつけ、持ちやすいようにして彫った。これで、石の欠ける時に偶然出来るぎざぎざの線の面白味を発見した。

*

ちょうどそのころ、父の書斎に『飛鴻堂印譜』(2)があるのを知り、それを見せてもらった。これは大変なものだということは父から話をきく前から何となく分っていたが、詳しくきいて実は驚いた。篆刻の世界の深さと、こんなものを作った国の大きさが恐ろしいように感じられた。

私はこれだけは戦火から守ることが出来た。

神田の古本屋で、篆刻に関する本を買って読み、二、三種類の篆刻辞典も買った。印材を売る店を見つけ、そこで一番安い石を買いながら、店の主人と話し込むことによって、だんだんにその方面の知識を仕込むことは出来た。

だがそうなると、本物の真似ごとをして見ようと思っただけで、その先が分らなくなった。結局は篆刻も私の場合には邪道を行くより仕方がないとは分っていても、本道は実に魅力があった。

ちょっと思い出したので、本を今取り出してみたが、昭和十五年に出した私の『萍(うきくさ)』という小説の序の、いろいろ生意気な書き方をした文章の最後に、〝……又、最近、調べる事があって飛鴻堂印譜を丹念に見ていた所、石橋の句章に、「緑萍破処池光浄」と言うのに巡り会い「萍」という表題になんとなく愛着が生れて来た。〟と書いてある。

昭和十五年というと私が大学を出た翌年で、もう父もいなくなっていたので、この大切な印譜を手許へ置いてゆっくり印文を読み出していたころである。その中にはほんとうの意味はなかなか分らなくとも、なんとなくいい文句があって、ひところ、ノートに書き写したりしていた。だが、こういう文句が自分の頭に浮んで来ることは当然無理であるし、またいい文句を漢詩などから拾い出しても、どういう印にするかは大仕事だった。

本道を全く知らずに、得意になって邪道を進んでいるよりは幾らかいいかも知れないが、結局私は、いたずらごとに戻って来た。

戦争の最中、勉強することがなかったわけではないが、警報がよく鳴り、警防団員であった私は何をやっていても、すぐに飛び出して行かなければならないので、私として中断されても比較的不愉快な想いをせずに済むので盛んに印を彫った。町会に知り合いが出来て、その人たちに大きな印をつくって進呈した。

Κακου Κορακος Κακον ωον

Noli me tangere

このギリシア語とラテン語を彫り、確か黄色の鮮やかな厚手の唐紙に、黒と朱の印肉をつけて捺して作ったものが、私の爆弾除(よ)けの護符(ごふ)である。日記を見るとこれを作るのに四日かかっているが、勿論まるまる四日間かかったという意味ではなく、警報や夜警で殆んど家にいられず、四日もかかったということだったのだろう。そしてこの護符を何枚か造って、大学の先生方に贈った。まだそれを覚えていて下さる先生もおられる。

この護符の効力はどの程度に現われたのか分らないが、私の家には直接爆弾は落ちては来なかったが火の波が押し寄せて来てきれいに焼けてしまった。この護符にもうひと言、火災除けらしい言葉を加えておけばよかったのかも知れない。

私のハンコ屋的篆刻が戦争中に役立ったのは、家を失ってから東北の農村に世話になっている時に、農夫たちの目の前でその人たちの名前を彫って見せるとびっくりした。町のハンコ屋に頼むと一週間も十日もかかるのに、この人は三十分でつくる、そういう感心の仕方をしてくれた。私は別にその報酬を期待せずに知り合いになった農夫たちの印をつくってあげた。しかしそれが何かの形となって戻って来て、命がつながっていたようにも思われる。ただそこの部落には「渡邊」という苗字が多く細かいので弱ったが、そこがまた腕の見せどころでもあった。

戦争が終って一年後に東京近郊に戻って来た。お金が全くなくなって、名刺屋をはじめようかと真剣に考えた時代で、印刷機を見にも行った。東北の田舎では私のハンコもある意味で通用したけれど、東京ではだめである。

しかし篆刻らしいたのしみを抱き続けていたために、長曾我部木人さんと知り合いになった。木人さんは私のところに『飛鴻堂印譜』があると聞いて見に来られた。そんなことからおつき合いがはじまって、こっちから荻窪のお宅へも伺って、古い印を見せて頂いた。

私はまたここで篆刻の本道に出会ったが、この本道を行く方々の話や会合の容子をきいて、これはとても私には仲間になれないと思った。みんながみんなそうではあるまいが、一つの古い印を買うために、家も財産も全部棄てても惜しくないというのだからとうていかなわない。

木人さんは大層話のうまい方だし、その内容が独得で全く浮世ばなれしているので、私も確かにそういう生活を一面では羨しいと思ったが、羨しがるだけにしておこうと思いかえした。そして篆刻の方法を幾らか教えて頂いた。刀の持ち方、印材の持ち方、それは何もむつかしいことではないのだが、別に大して力も入れないのに、刀の刃は少しもこぼれずに、刀よりも遥かに堅い印材がきれいに彫れて行くのだから真似事では出来ない。

乾隆帝のころの文房具の話なども随分興味深く聴いた。そういうことがひと頃私をちょっとした印についての物識りみたいにはしたかも知れないが、やはり本道を進んで行く勇気は出なかった。

私は自分の本の検印は自分で造っている。出版社が検印廃止をしない限り、その時ごとに造って捺すようにしている。だから若し私の最初の本『乖離』を今持っておられる方があれば、その奥付にはその当時、昭和十二年の私の腕前をごらんになることが出来るし、最近の本の奥付には最近の腕前を……。けれども多分そこには進歩はない。

未知の方からの手紙に、私の検印をあつめているから、なるべくていねいに捺して頂きたい。自分もなるべくよく押してあるのをさがして本を買うようにしているが……と書いてあるのを見て、実はびっくりしたことがある。そんなに何十万と出るような本は私にはないから、まあいいけれど、忙しい時にはついそれをぞんざいに捺してしまう。

＊

中勘助さんの『藁科』という詩集の中に「検印」と題した詩がある。自分のことを心配して

くれた父を想い、

……………………

今や還暦にちかくはじめて家庭をもち
やつと筆一本でくらしてゐるのを知つたら
父は安堵の胸をさするだらうか
思ひがけずでた「銀の匙」の十二版
嘘やまことの古い追憶
どうぞこの一万五千の検印が
つぎつぎ極楽の蓮華とさくやうにと
またもやさすらひの田舎住ひ
しんみり机にむかつて
こつこつとはんこをおす

谷中の墓地まで墓参に行ったかえりに、行きつけの印材屋へよって、もうこんなに造ることもないかも知れないと思いながら、沢山買って来た石も今は残り少なくなって来た。それに新しい消ゴムが三つ、これが彫りいいような堅さになるまでには、まだ当分机の上にころがしておかなければならない。

（一九六四年　四九歳）

印刷の味

小学校の、多分三年のころだったと思うが、運動会の前に、そのプログラムを教室で渡された。障碍物競走・三年B組というような、競技種目が簡単に印刷されているのではなく、一つ一つの競技に出る生徒の名前が全部並んでいた。あるいは、学年と組別の名簿が、プログラムのうしろに載っていたのだったかも知れない。

ともかく私は自分の名前が活字で印刷されているのを見て、恥しいような、嬉しいような工合の悪い想いを経験した。ほかの友だちも、今から考えれば、恐らくは同じような気持を味っていたのだろうが、友だちの顔などをのぞき見するゆとりはなかった。

私はそのプログラムをランドセルに入れて家へ急いで帰り、自分の部屋へ入ると、まず第一に、教室ではあまりいつまでも見ているわけには行かなかった、活字になった自分の名前をゆっくり眺めた。

自分の名刺をつくったのは、大学を出てからだった。それも父が死んで、弔問に来られた方々の家をお礼にまわる時に作った。黒わくで、名前の上に御礼という字を入れた。そういうしきたりをその後見かけないが、私はその名刺がかなり残っていても、普段使うわけには行かず、しばらくして焼いてしまった。

中学二年の時に、学校の雑誌に作文が載った。この時にはまた別の感動があった。考えてみると、大体この時あたりから活字の魅力にとりつかれて、それが今に続いているように思われる。こうして原稿を書き、幾らかで買いとられて、そのまま雑誌にも載せられずに消えてしまうのだったら、全く張りあいもないし、書くのをやめるだろうと思う。渡してそのままになってしまった原稿が幾つかあるが、その一つ一つをいつまでたっても覚えている。

今はほかにつとめもなく、原稿を書いて生活しているのだから、それによって収入がないと困るわけだが、しかし、お金を頂いてどこへも掲載されずに消えてしまうよりは、一生懸命書いたものなら、お金が入らなくとも活字になったものを送ってもらった方が、気分としてはいい。この甘さが文学というものではないかと思う。だから私は今でも、承知の上で原稿料なしの原稿を書く。地方の高校の文藝部の雑誌などに悦んで書くこともある。いい加減なものを書いたと思われては何だか口惜しいので、そういう時には特別念入りに書く。

＊

中学時代から、謄写版刷の雑誌をつくり、高校時代にも、文学にはあまり興味はなかったが、幾つかの雑誌に加わっていた。大学へ入ると印刷所へ出入りをはじめた。というより学校へは行かずに、印刷所の周辺をうろうろしているような日が多くなった。

神田のK印刷所にもよく行ったが、同じ神田のT印刷所は、私と大体同じ年齢の息子さんがいて、彼をそそのかして雑誌を作り、単行本も作った。つまり彼は出版をはじめ、おやじさんは少々にがい顔をしていたが、試験的にやってみるならいくらでも原稿をとって来ると約束をした。

式場隆三郎さんのゴッホ伝の翻訳はずいぶん分量の多いものだったし、戸板康二君の「俳優論」も処女出版としてここから出ている。私は「牧歌」という本を限定四十八部でここから出した。

「牧歌」の本文用紙には、地券紙を使い、一枚挿絵が入っているが、これをどういう紙に印刷するかで、かなり大騒ぎをした。その息子さんと方々の紙屋を歩き、一層のことアルミのようなものを使おうかとも話した。そして疲れ切って鮨屋に入ったところ、棚に経木(きょうぎ)が巻いてあるのを見つけ、それを譲ってもらって、急いで印刷所に戻り、夜更けにブルーとそのほかのインクをこねて刷った。

変ったものが出来たが、うっかり持つとすぐにさけてしまう。「牧歌」は現在私の手許にはないが、一円かそこらの本が、最近古書展で七千円についていたそうである。買う気はないが久し振りに会いたいものだと思う。T印刷のその息子さんは、赤紙が来て南方で戦死をした。出征してから子供が生れたが、二人一度に生れて留守宅では大あわてだった。三、四年前に訪ねると、その二人は立派に成人し、一人は大学に進み、一人は印刷業をついで、大きな機械が調子よく動いていた。

私は、印刷見習に来たいと言ったら、いつでも来てくれと言われ、職工服を着て、辨当をさげて出かけたいと今でも考えている。

戦後、新しい印刷機が入るようになって、昔私が覚えた知識はもう殆ど役に立たなくなり、じっくりと新しい印刷や製版のことを勉強しようと思っている。

本を造るのは出版社で、われわれはせっせと原稿を書いていさえすればいいと言う人もいるけれど、私はとうていそれでは落ちついていられない。どういう本になるのか、それが頭にないと原稿を書く気が起らない。そして多少ともこちらから印刷に関して注文を出す以上は、新しい知識をどんどん仕入れておく必要がある。特に私は絵を描かされることが多くなっているので、その製版については大変に興味がある。

＊

私の家には、原始的ではあるが、便利な印刷機がある。時間の分配がうまく行かないので、活用というところまでには行っていないが、もう眼が悪くなって活字を拾うのは無理である。若いころには何度か手伝わせてもらったこともあるが、ちらちらしてとうてい駄目だ。

それでももう少し製版の知識をきちんと整えて、絵を刷りたいと思っている。これも少年時代に溯るが、消ゴムだの、板だの、さまざまの物に彫ったり貼ったりして、版画をやって楽しんでいたことにはじまる。そして、木版なり銅板なり、正統な版画の道へ進んでしまわなかったために、今でも何かきっとおもしろい印刷が考えられるのではないかと思っている。

これはどういう印刷か分かる？　と言って見せると、専門家が首をひねるようなものを考えたいものである。何十万部という色刷の本を造るわけではなく、結局うまく刷れたと言って悦んで終るという、非実利的印刷なのだが、そこに常にいろいろの実現することのない可能性が含まれているから嬉しいのである。

私は最近続けて二冊限定本を造った。いずれも一〇〇部であった。表紙に革を使うとか、函に工夫をほどこすとか、それは当然であるが、扉の次に水彩画を入れた。これも以前三、四回経験があるので、一〇〇枚水彩画を描くのに、どの程度の骨が折れるかは分かっていた。しかし続けて二冊分、つまり二〇〇枚色をつけた絵をかくのかと思うと、少々うんざりしていた。その時に、線のデッサンだけ版をつくって印刷をし、そこへ着色してみたらと思って出版社の人に相談したところ、それでは値打がなくなると言われ、結局一枚一枚描いた。

つまり私自身は、印刷することに値打を感じている。が、仮にお金をかけて私の絵を一〇〇枚印刷させたらその方がいいように思うが、受け取る側はそうではない。それに私自身が印刷機の代りになって描けば、紙と絵の具の使った分を計算しても、まずただに近い。おかしなものだと思った。

＊

印刷の専門でない者がこんなことを言ってはいけないのかも知れないが、印刷に関して機械による精巧さばかりが進歩の目標ではないように思う場合がある。勿論、そういう方向へ進もうとしていることは当然であって、私どもも、これが印刷かと驚くこともしばしばあるけれど、印刷独特の味というものは、機械まかせでは出て来ないような気がする。

私は数年前に、フランスで印刷された画集と、アメリカで印刷された画集を、念入りに見比べてみたことがある。精巧さという点ではアメリカの方が遥かに優れているように思ったが、印刷の味はフランスの方が多く感じられた。それは印刷機を扱い、色を出す職人が、機械に使われてしまっているか、あくまで機械を使って自分が印刷しているかによるのではあるまいかと思った。

それは、ひょっとするとかなり乱暴な言い方のようにも思えるが、人間のある意欲とか熱意とかいうものは、中間的な何ものかをとおしてもよく通じる場合もあるので、こんなことを私は想像した。人間が考え出す機械の中には、すべてを機械任せにした方が却って安全であり、また能力もあがる場合も無論あるとは思うが、印刷機はどうなのだろうか。特にその印刷が、何色も重ねて藝術の分野に加わって行くような時には、少くも機械任せはかなり危険があるようにも思える。

私はそれ以来、かなり凝った印刷物は、それ自体藝術作品として見ることにしている。印刷の味という言葉も私の思いつきであって、かなり曖昧な表現ではあるが、この味を強烈に感じるものは、案外古い印刷物に多いように思われる。ちょっと見ると、三〇年四〇年前にはこんなものしか刷れなかったと思うが、よく見ているうちに、そこに何とも言えない味を発見することが多い。

（一九六七年　五二歳）

楽譜

アンリエット・ルニエは一九五六年の三月一日にパリで息をひきとった。木曜日で、その日フランスはどんな天気であったか、東京では大陸の高気圧が大きく東へとふくらんで春らしい暖かさが感じられた。

その頃、週に一度ではあったが、音楽学校へ出講していた。それだけを聞いた人の中には、音楽学校で何の講義をしているのだろう、まさか楽理とか音楽史を教えられるとも思えないが……と不思議がった人もいた。残念ながら、私をその学校へ呼んだ友人は、直接、音楽に関係のある話はさせてくれなかった。音楽の話でなければ何んでも差支えない。生徒がおもしろがるようなことを話してくれるように言われていた。古い日記を見ると、アンドレ・ジイドの「公衆の重要性について」という講演の内容を話して来たなどと書いてある。恐らく大部分の人たちは演奏家になろうとしているらしいので、絶えず公衆を目の前に意識していなければならない。私のように部屋に引きこもって原稿を書き、気に入らなければ書き直して約束の期日に出来るだけ間に合わせるように、それだけを心掛けているものとは可なり条件がちがう。それで、今にこんな話を想い出して役立ててくれるかも知れないと考えたのだろう。

その三月一日は、もう春休みになっていた。窓をあけて夕方近くまで自分の勉強を進め、夕闇の畑道を歩いて画家の家に立ち寄り、二年ばかり滞在していたパリの話などを聞いて来たのだが、そのパリで、このハープ奏者が死んだことなどは知らなかった。殆んど関心のない出来事であったから、仮りに新聞でそんな記事を読んでいたとしても、記憶にないのは当り前である。

それが今、そのルニエの作った曲のために、こんなにも憐れな精神状態に陥っているとは。

＊

私はこれをあと三日間で弾けるようにならなくてはならない。仕事机に向って、苛立ちながら、本当はこんな原稿も書いてはいられない。Grand'mère raconte une histoire... これが曲名である。「おばあさんがおはなしを一つしてあげます……」と訳してはまずいだろうか。それもどうでもいい。この楽譜には黄色の、ごそごそした手ざわりのあまり上等ではない表紙がついているが、題名の下に、「ペダルなしのハープのための、極めてやさしい小品」と書き添えてある。これは果して作曲者ルニエ自身が書いたものか、それともこの楽譜を出版したアルフォンス・ルデュック社の編輯担当者が、曲名を見て、そしてまた譜面をちらっと見て書いてしまったものか、これが私にとって重要な問題なのである。もしも出版社に勤めている人が、こう書いて置けば買う人も多いだろうと、妙な知恵を働かせたのだとすると、「極めてやさしい」という言葉を見て買ってしまった私も、うまく引っかかってしまったので、口惜しい。

いずれにしても très facile などという言葉をあっさりと使われるのは迷惑である。なおまたこの譜面の上部には、「私の小さいお弟子のフランセットに」という献辞が印刷されている。このフランセットが幾つぐらいの少女であったのかハープの弦の間隔で、オクターヴが届くだけの手は持っていなければならない。

ところでルニエのこの小品は、見開き二頁、三十九小節の曲で、指づかいの上では確かにこみ入ってややこしいところもない。それに、餘り遅くならないようにという指定はあるがモデラートである。
それで私は、一カ月間の宿題としてこの曲を選ばせて貰うことにした。私のハープの先生より、自分が遥かに年齢が多いのをいいことにして、我儘（わがまま）を通させてもらうという気持は毛頭ないが、このところ本来の仕事の方がどうも順調に進んでくれない。努力の問題ではなく、何とかして新しい面を文章の上で創り出したくて、その迷いのために、書いたものを読み返してみるたびに、こんなものを書いていても仕方がないと思う。それで今回は先生の許可を得てこのやさしい筈の曲を選んだのだった。これならば、練習する時間がいつもより短くとも、次の稽古の日までには何とかなるだろうという幼稚な気持があったことを否定するわけには行かない。

*

やさしい曲といえば、「ソナチネ・アルバム」の中に、ベートーヴェンの、あるいはそうでないかも知れないと言われている「ソナティーナ」という曲がある。その第一楽章のところに、このアルバムのうちで、これは最もやさしい曲であると書いてある。これは勿論、ルニエの場合の「極めてやさしい」と同様に、ある意味では偽りではないが、この言葉を誰もが全面的に信用するわけには行かない。誰が弾いてみてもやさしいなどと思うのは心得ちがいである。

日本で出版されている楽譜の目録を見ると、あからさまに、初級、中級、上級と分類されているが、外国で出版されているものにも、1234……あるいはABCD……という記号によって曲の難易が分るようになっている。忠実に、また意欲的にきちんと稽古を重ねて徐々に上達して行くものにとっては、それが励みになるならば、これも親切な思いやりと受け取らなければならない。

今更私などが説明するような事柄ではないが、それは演奏上のテクニックの難易の意味であろう。人間の両手の指は、善悪正邪、随分さまざまのことが出来て、今更指の動かし方などで苦労するような場面にはぶつかるまいと、半世紀以上を生きて来た人間はうっかり考え勝ちであるが、楽器に触れて音を出すために使われる手の指ほど言うことをきいてもらえないものはない。長年ずっと一緒に生きて来た自分の指に、どうしてこうした謀叛（むほん）を起されるのだろうかと考え込む。

そういう意味で、つまり頭から指に指令の届きやすい曲と、謀叛を起されやすい曲とのその難易、等級である。この点ではルニエの曲も、私にとっても「極めて」ではないにしても、途中で放棄してしまいたくなるような箇所はどこにもない。

＊

どうも私は音と音楽との違いや、その隔たりの大きさに、今更のように気がついて、そこで煩悶(はんもん)しているらしい。自分には音から音楽へと、どの辺まで近付いて行けるのか、これが誤化しようもなく、限界がまる見えになっている。音と音楽との距離のことは、まだ、何か楽器に触れてみようなどと思わないずっと以前から理窟として知っていた。その筈なのに、楽器の稽古をはじめて暫くたつと、このことをもっと切実に考え、試み続けなければならなくなった。その途中で狼狽もし、諦めた。狼狽というのはこんな筈はなかったと口惜しがる時で、諦めるよりはいいわけだが、物事は諦め切ると却って思ってもみなかったところに道が開けることもある。しかし最初からそれを期待して諦めようとすると、混乱が生じる。

音を音楽に近付けて、これならば音楽の領域に入れてもよかろうというところまで漕ぎ着けるのにはどうすればいいのだろう。何かその間で邪魔をしているものがある。

＊

音楽の先生が生徒に向って、音楽というものは羞恥心との戦いなんですよと話しているのを傍らで聞いていたことがあった。私がこういうことを言われたらどうだろう、そう思うとくらっとした。自宅で練習をして来た曲を、生徒は間違えないように充分注意を払って演奏し、私もうまいものだと思ったのであるが、それが終ると先生は、一つも間違えてはいないけれども、もう少し自分の気持を音にのせるようには出来ませんかと言った。ちょっと首を傾けてその言葉の意味を考えていた女の生徒は、突然、幾分か顔を赤らめながら、そんなことはとても恥かしくて出来ませんと言った。羞恥心との戦いとはその時の先生の言葉であった。

演奏する楽器によって自分の感情や想いを托しやすいものと、比較的それがむつかしいものとあるかも知れない。またある種の感情は音にのせやすいが、のせにくい感情もある。それに、そもそも曲自体が、人を悲しませたり、寂しさを誘ったり、時には踊り出さずにはいられないようなものもある。それなら、悲しい気分の時には、楽しい舞曲のようなものを演奏したり歌ったりするのが無理かというと、そうも決められない。人間はその時々の気持を隠したり、装ったりすることが出来る。

専門家でなければ、悲しくて泣き出したいような時には、楽しげな曲を想うことも辛く、そんな曲を演奏する気分にもなれない。無理に楽器に向う必要もないだろう。ところが演奏を仕事としている人はそんなことは言っていられない。演奏会に豫定した曲目を勝手に変更するわけには行かないから、親しい人が死んでも、涙を拭(ぬぐ)って賑やかに目出たい曲を演奏しなければならないこともある。自分の気持を隠して、仮りの感情や想いを抱ける人が玄人だと言い切ってしまうのは差控えたいが、実際の気分を抑え、仮りの気分をふくらませる訓練をしているうちに、この操作は次第に巧妙になって来るのは当然である。

しかしそれが不自然でないとは言えない。たとえ気持を隠し切れたとしても、隠すこと自体が自然ではない。

そうなると、音楽というものは、専門家にならない方が自然な姿で臨むことが出来るという理窟になるが、どうもその通りかも知れない。人間は羞恥心を捨て切ることは出来ない。また恥かしさはいろいろと大きな役目を負っている。音楽演奏の専門家でも、恥かしさは素人と同じように持っている。

音楽の道にはまるで関門のようにいろいろの恥かしさが待ち構えている。はじめて楽器に向った時、どうしていいか分らず、最初の音を出すのが恥かしい。少し進んで、誰かに何か一曲聞かせてくれないかと言われると、自分がまだ下手だということで恥かしさを感じる。もう少し先にしてくれと言って勘辨(かんべん)してもらうのは恥かしいからだろう。そのほかさまざまの恥かしさをなんとか通過して、自分の心を音に託そうとした時に感じるこの恥かしさは、考えてみるとかなり高度のものかも知れない。

いい気になってこんなことを考えながら私はまたルニエの楽譜をひろげる。フランセットはどうしているだろうか。ハープ奏者になっているのか、それともたまに昔のことを想い出す時の伴奏を自分のために弾くような夫人になっているのだろうか。

私も誰にすすめられても、人の前で改まってハープを弾くようなことはしないだろう。誰かに聞かせるためのものでなければ、恥かしさも自然に消えて来るが、どうしても聞かれてしまう者がいて、この人だけは部屋から出て行ってもらうわけには行かない。
自分である。

（一九七二年　五七歳）

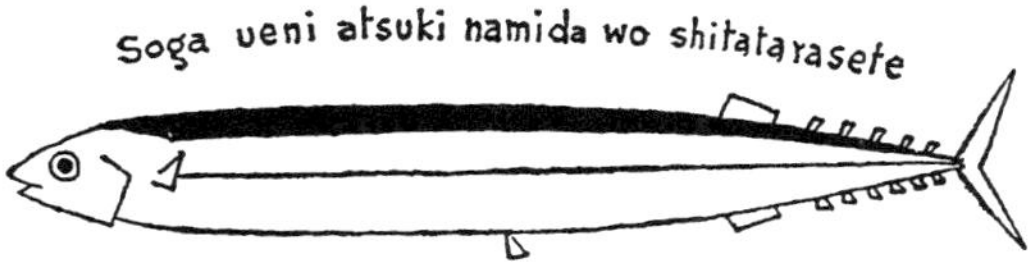

Soga ueni atsuki namida wo shitatarasete

機械の故障

三回も書き直した原稿だが、それがまた、肝心のところで行き詰まった。別段珍しいことではないが、自分以外に文句を言う相手がいない。数分間休むことにして深夜の窓を開け、外の空気を入れる。ひんやりと冷いから、部屋の中の空気よりは幾らか新鮮なのだろうと思って深呼吸をゆっくり繰返す。

人は通らない。遠くの道路を走る車の音も途絶えている。近所の家の犬もみんな眠っている。音を聴く限度のある私の聴覚がこの静寂を創っているにしても静かである。だがそれは何だか不自然で落着けない。十数年前であると、こんな時に木葉木兎(このはずく)の声が聞こえたが、その時の巧みに飾られた妖しい静かさとは違う。

再び窓を締めて机に向い直す。部屋の中の外とは違う静かさの中で、机の周辺に、機械と言ってもいいものがどの位あるかを数え始める。時計、四十年以上使っている気圧計、修理を重ねながらまだ役立っている極く小型の録音機。

そのうちに、機械というより道具と呼んだ方がよさそうなものが次々に見えて来る。そしてこれらの道具類の極く簡単なものでも、それが作られる過程では沢山の、私の見たことのない機械の中を潜(くぐ)り抜けて来ている。およそ機械とは縁のなさそうな書物や帳面の類にしても、紙やかがりの糸を作る段階から想い浮かべて行くと、一冊の本が此処にこうして沈黙しているが、その過去の行程を物語り出したら大変なことになる。

そのことを考え出した途端に、それらの機械が一斉に動き出して、夜更けの私の部屋は凄じい音で充満された。万年筆からも鉛筆からもインクからも……。

*

実をいうと私は、依頼があってそれを引受けた仕事ではないのだが、暫く前から、機械文明の進んで行く方角に誤りがあるらしく、それを誰もが不安に思うように、気になっている。またそれについて書かれた文章の幾つかも読んだが、勿論それをも参考にしながら、自分として考えを整理して置きたかった。まさか大論文を書いてやろうなどという夢を密かに抱いた訳ではない。言わば人間と機械との関係について、何処まで自分には考えられるかという試みである。

それが或るところまで行くと理窟が通りにくくなり、手古摺ってしまう。それはどうも私の意識のうちに、出来るだけいわゆる機械とは無関係な日常生活をしたいという、可なりひねくれた想いがあって、このあたりに混乱の原因があるらしい。というのは、そんなことを言いながら、身近なところで繁殖するように増えている機械に押し潰されないためにも、それを扱えるようになっていなければなるまいと思う。と同時に、それが扱えるようになれば、扱えない人に対しては優越感を味うことが出来る。このあたりの私個人の内部にある矛盾は、実に複雑に絡み合っていて、これを何とかしないうちは理窟を整えようがない。

*

都心の混雑した駅で切符を買う。釣銭が出て来ないので駅員を呼ぶ。販売機は故障をしないものと決めているのか、私の硬貨の入れ間違いだという。すると私のうしろに列を作っている数人は一斉にそうだそうだと言う。機械は故障することもあると思っているのは私だけである。私は損をして電車に乗らなければならない。私の言いたいことを丁寧に説明しようとすれば、人の流れという機械になりかけているものを故障させることになる。

だが私は機械は故障するものと思っている。

（一九九二年　七七歳）

深宇宙への夢

物事を少し理窟っぽく考えられるようになって来た頃、無限ということが気になって仕方がなかった。無限について触れている哲学の本を幾冊か読んでから、私のこうした質問に答えてくれそうな人を想い浮かべて尋ねてみたが、今から考えて当然のことながら、私を満足させる答えは得られなかった。頭がおかしくなるからいい加減にして別のことを考えた方がいいのではないか、という忠告をしてくれる人もいた。

無限の空間の、永遠の沈黙が私を恐れさせる。これはパスカルの有名な言葉であるが、或る時全く偶然に、画家のルドンがこの言葉を絵にしているものを見た。その絵には、山の岩頭に両手を突いて、空、つまり無限の宇宙へ不安な眼を向けている男が描かれている。

私は子供の時から充分に見慣れている筈の空を改めて見た。明るい真昼の空よりも、晴れた星空を見ている時の方がいろいろと取りとめないことが考えられた。だがこの星空が恐怖を起こさせることはなかった。それは幾らかでも無限に慣れ親しんで来たせいとは思えなかったし、また自分が特別に楽天的な人間だとも思えなかった。

それで私はさまざまの人にそれとなく、星空を見ていると怖くなるかどうかを尋ねたが、到底恐ろしくて見ていられないという人は一人しかいなかった。残りの人達の大部分は、自分は関心がないという返事であったが、三、四人は星を見ると気分が非常にすっきりするので、そのために多少不便でも郊外に住んでいるのだと言っていた。

*

戦争は人間の愚かさを剥き出しにしてしまうが、都会の灯を残らず消させて夜空を星で飾った。地上に醜い争いがあるのに、天上の星々のきらめきは実に美しかった。

そんなことも一つの切掛けとなって、戦後数年の間は天体に興味が移った。勿論観測などは出来なかったが、自然に星の名も覚えた。そして放送の仕事も兼ねて天文学者と話をする機会も出来て、次第に星が身近なものになった。

だが月面を人間が歩き、人工衛星や惑星探査機が次々と飛び、そこからの成果が事もなげに伝えられるようになると、頭の中の整理は次第に覚束なくなる。ボイジャー2号の十二年間に果たした役目を順に振り返ってみると、私達はその報告に慣れ過ぎ、宇宙が相変らず同じように自分達を包んでいるのに、それが全く他人事のように思えたりする。

だが仮令(たとい)進んで行く科学の内容を完全に理解出来なくとも、夢を楽しむことは自由である。そしてその夢が、児童が描く未来の想像図に劣るようなものであっても自分が密かにそれを楽しめばいい。

アインシュタインは皮肉なことを言う人で、宇宙と人間の愚かさは共に無限であるが、宇宙の無限にはまだ確信がない、と言った。宇宙を舞台にした私達の夢の中に、この愚かさだけは入れたくない。

（一九九二年　七七歳）

小道具

　実際に下駄などは入れてなくとも、私は昔通りに下駄箱という。玄関の脇のその下駄箱を開けると、隅の方に靴磨きの道具が、ビスケットか何かの入っていた罐に入っている。生活の様式は随分変って来たが、靴磨きの道具の仕舞い方などは餘り変らない。その古い菓子罐をあけると、靴墨、ブラシ、襤褸切れなどが容れてある。靴紐の豫備を買って、他に仕舞い所も思い附かず、この罐に入れてあるかも知れない。

　それはそれでいいが、こんな箱の中にも市販されていない一種の小道具があるかも知れない。実は最近この下駄箱の戸をはずして掃除をし、靴磨きの道具も片附けたのであるが、その罐の中から竹篦のようなものが出て来た。勿論、店で買って備えたものではないし、さんざん考え、工夫を重ねた末に創り出した道具でもない。恐らく最初はその辺に落ちていたそれで靴の泥を落としてみたところ、案外具合がいいので、また使う日のために、靴磨きの道具と同居させ、長い間調法していたものである。

私が住んでいるこの近辺は、以前は雨が降ると道がぬかるので、訪ねて呉れる人達の間でもそれが話題になっていた。その時分、電話がない、道がひどい、辿り着くと留守だというので三悪の道などと言っていた人がいた。そんなことで、雨の日は勿論、霜解けの頃も、玄関に入る前に靴の泥を念入りに落とさないと、掃除の方が追いつかなくなった。

今は人口も多くなり、道は舗装されて泥の道を踏むことがなくなり、この小道具も実際には不要になった。記念の小道具である。

それでは玄関から部屋に入る。それぞれの家と、そこに住む人の生活の仕方にもよるけれども、こうした小道具や奇妙な仕掛がいろいろあるに違いない。

硝子(ガラス)戸の、重ね合わせたところでぐるぐる廻して締める鍵が壊れた。立附けが悪くなり、無理な力を入れて廻している時に折れた。きっちり閉めないと冬は隙間風が多少入るが、そんなに無用心ということもないので、長い釘を差込んで鍵の代用にしたが、何となくその儘(まま)になっている。金物屋はそんなに遠い訳でもないし、新しく附け換えるのが困難な訳ではないが、何となくそれで馴染んでしまっている。

使ってみて便利な、或いは使う前にこれは役に立ちそうだと思われる小道具の紹介が、雑誌や新聞によく出ている。大して高価な物でないと直ぐそれを買って試してみる人がいるが、私は今そういう小道具の紹介をここでしようと思った訳ではない。それに、これは少々ひねくれた理窟かも知れないが、最近の便利というのは、頭も手先も殆ど使わずに出来るという種類が多い。それだけ時間もかけずに済む。だが、ちょっと考えてみれば判ることだが、頭を使わず、手先も動かさずに済む、というのが、頭の回転を鈍らせ、器用に動かしていた手先指先を不器用にさせて行くことになるので、私は悦んで飛びつくことは出来ない。

と言っても人間は道具なしに済ますことの出来る動物ではない。戦争の最中に家が焼かれ、止むを得ず遠くの知らない町で間借生活を続けていた。そこで或る必要から、町の印判屋には頼みにくい印がどうしても必要になった。町の店にも並べられている品物の種類も数も少なくなったが、小学校の近くの雑貨屋で、子供が遊ぶ蠟石を見附けた。これは当座の印材としては間に合う。然しそれに字を刻む道具がない。いたずらならば釘でも何でもいいが、小さい文字を丁寧に刻まなければならない。

　畳屋が往来で仕事をしているところを通りかかり、使っている長い針が目に止まった。二、三十分話し込んだ末に、長さ十五糎（センチ）程の針を一本譲って貰った。そして戻ってから、印刀として握り易いように木の柄をつけ、これでまあ印らしいものを可なり沢山作った。

　再び東京に戻ってからは印刀を入手してそれを使っているが、印の味はとも角として、手慣れた道具なので使い易い。針先が鈍くなれば研（と）いで、二、三十年は使えるだろうと思っていたところ、一度も研いだことがなく、先が減りもしない。

　それにこれが、筆筒（ふでづつ）に立ててあると、小穴をあける時にも、蓋などを抉（こ）じ開ける時にも、実にいろいろのことに役立って呉れる。その時仮りのつもりで附けた木の柄は、今はてらてら光っている。それよりもこんな小道具がいつも机の上に置いてあると、愚かな戦争をしたことを忘れないし、次々と方々でその愚かさを見せている人間のことを考えるのにも、充分に役立っていて呉れる小道具なのかも知れない。

（一九九二年　七七歳）

羊飼の星

晩秋から厳冬期にかけて、太平洋側では夕映えの空が毎年美しい。日暮れが近くなる頃から季節風が次第に強まって来るような日には、襟巻を厳重に頭に巻いて足踏みをしながらその綺麗な輝きに見蕩(と)れることになるが、その間に、風に千切られて流れて行く雲のように、記憶の断片が細めた眼前を去来する。

その日に豫定していた仕事を前の日のうちにあらかた済ませ、思えば健康な足取りで、山の小径をよく歩いた。ひと足毎に賑やかに音を立てる充分に乾いた枯葉の、語り掛けや歌や、或いは意味の通じにくい呟(つぶや)きを聞きながら、古い峠や尾根を歩いた。

いつもは山からの下りにかかったあたりで夕焼けの空を眺めるのだが、その時はまだ明るいうちに山を下り、古い街道を暫く歩いて、ひっそりした山間の駅の、小砂利を敷いたプラットホームの粗末な木の古いベンチに腰を下ろしていた。汽車が来るまで、三十分ばかり時間があり、待合室の鉄板ストーヴには薪の火が勢いよく音を立てていた。まだ時間がたっぷりあるのだから此処（ここ）でゆっくり暖まっていればいいのにと駅員に言われたが、夕焼けの空があまり綺麗なのでと言って切符に鋏（はさみ）を入れて貰って、誰もいない冷え込むベンチにいた。

普段、往来に立ち止まって空を眺めると言ったところで、せいぜい二、三分であろうが、汽車が来るまでの三十分近くの時間に、西南の明るい橙色の空がどんな具合に変化して行くか、それを自分の視覚がどの程度正確に受け取れるか、そんなことを試すためもあった。発見というのは大袈裟（おおげさ）であるが、空の色について、或いは自分の感覚について、何か気附くことがあるかも知れない、そういう期待も幾らかはあった。

ところが、空の色の移り変わりに注意を集めて数分もたたないうちに、赤味の加わって来た西寄りの空に、真鍮（しんちゅう）の小さい釘の頭をすぐに連想した星を見附けた。

天文年鑑を常に机上に置いて、天空にどんな現象が見られるかを調べて置く習慣があった私は、金星に間違いないとすぐに判った。

これはもう四十年も前のことになるので、埃をかぶっている古い自分のための記録でも探し出せばはっきりすることだが、恐らく今よりは遥かに忠実に天上も地上も注意深く見ていた筈であるから、その時金星を見附けたということではなかったろう。遠い想い出の中では、或る現象や表情や、何でもないような誰かの言葉が際立ってしまうものである。

私は、その金星の、光を増して行く輝きを眺めながら、二、三遍時計を見て、遅れずに来た汽車に乗った筈である。

*

その後、何回となく、宵の明星として、また明けの明星として金星を見て来たが、去年、一九九二年の秋から、晴れていれば見られる金星が気になっていた。その理由を自分で強いて考えてみようとも思わなかったが、視力の衰えが気になって、星を見るのに空の条件が悪くなってはいたが、それればかりでないことが判った。

君達ね、一番星見附けた、二番星見附けたと言って遊んだことある？　と私は暮れかかる空の下を歩いて来た、近くの子供二人に質ねた。そして金星を教えたのだが、あそこに二番星が見えた、そらあそこに三番星もあった、と二人は争って指さしたのだが、私には金星しか見えなかった。私は星を探し出せる目を失ってしまったのだろうか。人間の生活が星空を曇らせてしまったことを歎いてばかりいたが、それぱかりでない。

私は、いつの間にか五十歳にもなってしまった自分の子供から贈られたばかりの双眼鏡を持ち出し、塀に凭れて星を探した。すると暗い視野に、時々小さな星が飛び込んで来るが、何座のどのあたりの星であるかの見当を附けるのは大変な苦労であった。

年が改まり、一九九三年になると金星はいよいよ光度を増して来た。そしてこの星を見る位置を定め、橙色の空が赤味がかって来る中にそれを見附けると、その時刻を手帳に記したり、星の位置が少しずつ移動しているのを、冬枯れの菩提樹の梢の細い枝や、その隣の朴の木の枝先などに拠って記憶して置くようにした。

毎月、それを編集している人の好意で送られて来る天文の雑誌で、去年のうちから一九九三年の二月二十四日十八時五十分に最大光度がマイナス四・六等になることが判っていた。

その時だけが特別に見事に輝く訳ではないが天気の具合が気に懸かっていた。風が吹き、空の掃除は入念に済まされ、金星は可なり明るいうちから見えていた。ところが豫想していなかった眺めに思わず感嘆の声とも溜め息とも言えるものを漏らしながら立ち尽くした。というのは、二月二十一日二十二時五分が新月であり、それから三日目の月齢二・六の細い鋭い月が西空の何処かに見えることを考えていなかった。その細い月が、輝く星の下に、それを下方から受ける形になっていた。

負け惜しみのようだが、天体のすべての動きが計算され、それがすっかり頭に入っていて、豫想通りに現れるのであれば、この突然の感動はこれ程大きなものではなかった筈である。幼稚だと言われようと、何と言われて嘲われようと、この意外性が嬉しく、私の内にあるものを踊らせるのである。

翌二十五日の夕刻は金星と月との位置がどうなっているか、それが気になっていた。恐らくあの月は心持ち太くなって金星の上に来ているだろう。その計算の方法に自信もなくなり夕暮を待って外に出ると、星の上に来た月が一段と冴え、その位置の関係は私の好みにぴったりで、前の日とは異なった感動があった。そして姿はおよそ異なりながら堂々と鋭く光る二つの天体から刺戟されるものは、私には直ちには言葉を以っては整理出来なかった。人間がその場で何を考えてみたところで安易であり、卑俗な表現に過ぎないように思えるのだった。

＊

戦争の末期、一九四五年の夏、厄介になっていた農家の隅で、ひと目を気にしながら殆ど隠れるようにして読んでいたフォントネルの本の中に、金星のことを「羊飼の星」と呼んでいるところがあった。後に大きな百科事典を使えるような状態になってから確かめてみると、「羊飼の星」という項目があって、羊飼は山にいて、宵に夜明けに出る金星を安易に見られるから、という説明があった。

それ以来、金星を見れば同時に「羊飼の星」という呼び方を想い出すし、そのためにこの星が一段と身近なものになって来たのだった。人々が時計を持つ時代になっても、羊の群と共に過ごす山上の生活者にはそれは不要である。というのは、時を知る必要があれば、時に合わせて開き、また時が来れば閉じる花がある。それを誰が名附けたとも知れず「羊飼の時計」と呼んでいる。

金星にこんないい名前を附けたのは、いつ頃のどんな人であったのかは、誰も知らないが、羊飼自身でなかったことは確かであろう。

（一九九三年　七八歳）

二十七歳

私の二十代後半は昭和で言うと十五年から二十年である。従ってそっくり戦争と重なる。大学は文学部の哲学科を卒業し、一年ばかり家に燻(くすぶ)っていたが、恩師が心配して下さって、翌年から上智大学豫科の講師になって週一回出講し、仏蘭西語専修学校というフランス語を教える夜学にも出講した。

この頃のことを、自分との関係で歪(ゆが)めずに書くのはなかなか難しいが、軍隊や軍人に対して、次第に疑問を抱くようになっていたことは間違いない。陸軍にも海軍にも、親しく話の出来る人はいて、その疑問を直接持ちかけたこともあったが、戦争が始まってしまうと、用心深くしていなければならないようになり、彼らから忠告もされた。

上智大学の学生さんの中には遠藤周作君とか、現在立派な仕事をしている人達がいて、楽しいことが多かった。そこを、「今後出講ニ及バズ」という一通の手紙で馘になったのは、配属されていた将校が、非常に優秀な学生さんに対してひどい仕打ちをしたため、腹に据えかねて文句を言ったために違いない。

警察も、哲学出身ということで警戒をしていた。既に何人もの友人が警察に留置され、南京虫に襲撃されてひどい姿で出て来た。問答無用で否応なしに引っ張られてしまうので、覚悟はしていなければならなかった。

私のところへも何回か突然警察の特高課の人がやって来た。そして私の部屋に入り、書棚に並んでいる本を一冊ずつ念入りに見て行った。片手に危険思想と見做される書物のリストらしいものを持っていた。辨証法とか唯物論という書名が目に入ると、必ずそれを抜き出して見ていた。私のところからは一冊も本は持って行かなかった。それは私達の方にも持って行かれそうな本のリストが出来ていて、それらの本は押入れや屋根裏などに移してあったからである。尤も、大切にしていた『赤い鳥』をそっくり持って行かれた知人もいた。笑い話のようだが本当の話である。

昭和十七年十一月に、私の七冊目の本『懐疑』が出版された。これは哲学問題論叢のうちの一冊で内容は懐疑思想を扱ったものである。紙の配給をきちんと受けて出版された。ところが再版の時に、この本は許可が出なかった。その理由を出版文化協会へ尋ねたところ、戦争をしている非常時に「懐疑」とは以ての外だということだった。滑稽な話ではあったが、全く筋の通らない話ではなかった。

その頃の流行語を想い出してみる。「一億一心」が負け戦になって来ると「進め一億火の玉だ」という乱暴なことになり、米英は「鬼畜」となり、やがて「神風」が吹いて大日本帝国は大勝利という、狂気の人が作ったとしか思えない筋書きを押しつけられていた。

それ以上に恐ろしいのは、人間は、或いは日本人は、こんな愚かな国策にも従っていた方が楽だとなると、いとも単純に雷同してしまうことだった。密かにでも疑うことは、物事を考える大切な第一歩である筈なのに、この貴重な、動物全体に与えられている能力をも、実にあっさりと捨ててしまえる。

家が焼かれ、何とか救いたいと思っていた大事な書物が焼かれ、親しい友人知人も失ってしまった。敵によって焼かれたり殺されたりしたのではなく、戦争がそれらを奪い、消し去ってしまった。火の玉となっていた一億は、今度は「総懺悔（そうざんげ）」であった。そしてどうも怪しい文化国家が出来た。

この文化国家を少しでも上等なものにしようと、現在も迷い疑い、判断に苦しみ、流されるように安易で便利で快い道を辿るまいと心掛けている。

（一九九三年　七八歳）

推敲

文章を綴る際に、下書きをするかしないかは、その人の性分と習慣に拠（よ）ることらしい。手紙を書くにも、葉書に簡単な挨拶を書くにも、どうしても下書きをしないと気が済まない人もいる。下書きを幾度も読み返しながら誤りの訂正をし、前後を入れ替えたり加筆したり、その上で甫（はじ）めて便箋なり葉書を出して清書をする。

こういう人の手紙や葉書は、さぞかし文脈も整い、字面も綺麗だろうと思うと、そうとは限らない。清書のつもりで書き終わったものを読み返してみると、又々どうしても訂正したい箇所が見附かり、その儘（まま）でも充分に通じるのに、放って置くことが出来ない。従ってそれを受け取った相手は、消された部分や書き込みのある手紙を読まされることになる。

文章を綴る仕事を続けている人にも、当然いろいろの性格がある。出版や雑誌などの編集をしている人は、さまざまの原稿を読む機会が多いので、受け取った原稿を見て、これは行き成り書いたものか、下書きをして入念に加筆をしてから清書をしたものかの見当が附きそうであるが、実際は可なり違うようである。書き込みや訂正箇所が多いから、これはぶっつけに書かれたものに相違ないと決めるのは、早まった判断である。

処理の細かい文章を書いている人とそのことで話をしたことがあった。楽屋を覗かせて呉れというような、無躾(ぶしつけ)な質ね方に思えて遠慮があったが、彼は幾らか含羞(がんしゅう)の笑いを浮かべた。そして仕事机の横の棚から帳面を一冊取り出した。これは親しい人にも見せる可きものではないが、と言って私には渡さず、手許でその何頁かを展(ひろ)げて見せて呉れた。それは全く仰天するばかりの草稿で、縦罫(たてけい)の行間の狭いところに訂正された文章の一節が書かれ、それが到るところにあって最初の文章よりも遥かに多いように見えた。

更に驚いたことには、ここから分量を考慮に入れて原稿用紙に書き直し、そこでもう一回訂正加筆を行った上で、最後の清書に移るという話であった。

*

特別緊張して文章を綴るような場合、不用になった原稿の裏などに下書きをしてみることはあるが、却って気持が散漫になってよくない。

昔、定められた書類などを提出しなければならない時には不必要に緊張してしまった記憶がある。書面も書く可き事柄も決められているのであるから何も考える必要はない。ただ、例えば缺席(けっせき)や缺勤の届けを学校や勤め先へ提出する時にその日附だの理由を、その時その人に拠って換えるだけである。

今は届けの書式も簡略化して、印刷されてある紙にひと言ふた言書き入れたり、○印を附けたりするだけで済むらしいが、半紙を二つに折って、毛筆で書いていた頃はそれがひと仕事であった。何枚書いても上手に書けず、やっとまああと思うようなものが出来たのに、名前の下の印を逆さに捺してしまったりした。そのため、仮病(けびょう)で休んでやろうというつもりが、本当に熱を出してしまった者もいた。

これでよし、と思って読み返すと一字間違えていた。こういう場合、その一字なり二字なりをきちんと訂正してそこに訂正印を捺す。残念ではあるがそれでも受け取って貰える。毛筆で和紙に書いていた頃は、消しゴムがあってもインク消しがあっても、墨で書いた字は消えて呉れない。誤りを訂正したところは、最後まで歴然と残る。

実は最近、誤りと訂正がいつまでも残って消えずにいるのが非常に大切なことのように思えた。

文豪と言われている人の、名作の原稿が、記念展の会場に陳列されていることがある。流石(さすが)に昔の人は原稿用紙に書いた字も立派である。これを見ているだけで、文章を綴る気構えが全く違っていたと感心することもある。また一方で、その時の諸事情を察する程の知識がないと、こんなものを人前に展示されて、つい気の毒だなどと思うこともある。

その展示場でゆっくり見たり読んだりする餘裕はないかも知れないが、訂正をした箇所を、どう加筆したり削ったりして、自分で納得出来る文章にしたか、その推敲(すいこう)の跡を辿ってみるのは、文章を綴っている者にとっては非常に有益である。相手が文章の達人と言われていても、何から何まで感心するばかりとは限らない。何となく首を傾げたくなるような場合があっても当たり前である。

ワード・プロセッサーという装置は急激に普及をして、試みる機会は勿論あったが、推敲の跡が残らずに、訂正される以前のものが消されてしまうことが恐ろしい。個性が全く否定される訳ではないが、誤りと訂正という最も大切なところが残らずに済むというのは、文章を綴る者にとっては最も危険なことで、この綺麗事が恐ろしい。

（一九九三年　七八歳）

緑の色鉛筆

機嫌のいい時には善良な天使か妖精のようにも見える幼女が、玄関の扉をいつものように小さい手を拳にして叩く。早く背丈が伸びて、呼鈴に指先が届くようにならないかな、と思っている。

また遊びに来たと思って読み掛けの本を閉じ、扉を開けると、小さな、ちょっと細長い物を紙に包んで持って来て、これを上げます、と言う。おや、何だろう。そう言いながら当然遊んで行くのかと思っていると、今日はこれだけ、と言いながら走って帰ってしまう。それでは仕方がない。机の前に戻ってとに角、可愛い人間天使から戴いた贈り物を開けてみた。

緑の色鉛筆が六本出て来た。鉛筆の転がる乾いた気持のいい音を立てる。早速、随分大胆なことをするように思いながら、研いだばかりの小刀で削る。緑と言ってもみんな色が違うので、続けて六本を削ってしまう。そして円い穴のあいた定規を使って、六種類の緑を紙に塗り、その色の英語の名前を横に書いた。

Light Green, Moss G., Viridian, Sap G., Olive G., Night G.

あの子はどうしてこんな私が悦びそうな色鉛筆などを選んで持って来たのだろうか。彼女自身がお金を貰って、こんな少々風変わりな買物などできる年齢ではないし、恐らく彼女の、まだ若いお母さんがふと思い附いて、画材屋の店に入っていろいろ見て回っている間に、色鉛筆のばら売りの棚からこの六本を私のために抜き出して買って呉れたに相違ない。

それは見当外れの想像であったと言われることもありそうな気がしながら、ひと先ずそういうことにして、硝子瓶(ガラスびん)を切って拵(こしら)えた筆筒に立てた。

*

脚腰がしっかりしていて幾らでも無理が出来た可なり長い期間、四季を通じて方々の山径(やまみち)を歩き、淋しい谷を遡(さかのぼ)り、森をさまよった。そういう山旅をする時に、写真機を携える習慣のない私は、画帳を持って行った。山の小屋や天幕を張って滞在をする豫定の時には、勿論絵の具も荷物の中に入れ、山に向かい合って写生をし、その場で着色もした。

季節や訪れる場所にもよるけれども、日本の山は木や草が多く、岩山は全体から見れば極(ご)く稀(まれ)である。正直に写生をし、見えている通りに着色するとなると、緑系統の色を沢山使わなければならない。後々文章を綴るようなことになった場合には、絵も記録の意味が主であるから、その緑の微妙な違いを画帳に写し取って来なければならない。

だがこれが決して容易なことではなく、色が不自然であったり、上天気で木々の緑が爽やかに輝いていたのに、帰宅して画帳を展げてみると、色が濁っていて山の緑を眺めながら味わった清々(すがすが)しい気分などは一向に蘇って呉れない。こんなことになるのなら、写生なんかして来なければよかったと幾度も口惜(くや)しい想いを味わった。

それは詰まり絵が下手なのだということも充分判っているのだが、緑色を使う度に落胆の仕方が段々激しくなり、次第に使うのを躊躇するようになってしまった。そしてその挙句に奇妙なことを考えるようになった。

自然の緑、特に草木の緑と人工の緑とは別のものである。自然の中のさまざまの色の中では他の生物にとって特別の関係を持っている。殆どの生物はそのことを恐らく承知しているのに、人間だけが気が附いていない。

自然の緑は空気のようなものである。緑のないところでも、空気の缺乏に拠って窒息するような状態にはならないだろうが、人間の大切な内なる生活は貧しいものとなり、歪められたままに固められてしまう。

こんなことを次々と際限なく、眠られない夜更けに考える。

*

幼い子供から贈られた緑色の鉛筆を使って、私は自分の内面の風景を描いてみようと何度も試みてはいるが、自分にだけでも納得の行くようなものは出来ない。

私は彼女が遊びに来て呉れるのを待って、扉がまた小さい手で叩かれる音を早く聴こうとしている。その時には机を片附け、画用紙を展げて緑の線や、何ということもない形を、塗り潰して貰うことにしよう。幼い天使か妖精は、また私を吃驚（びっくり）させるようなものを黙って描いて呉れるだろう。

その時私は軽率な言葉を慎んで、ただ眺めていることにしよう。そして子供の頃にフランス人から教えて貰った歌の一つを想い出しているかも知れない。

O belle verdure,
Charmante parure
De cette nature
Qui ravit mon cœur!
美シイ緑
コノ自然ノ
素晴ラシイ飾リ
私ノ心ハ酔フ

（一九九三年　七八歳）

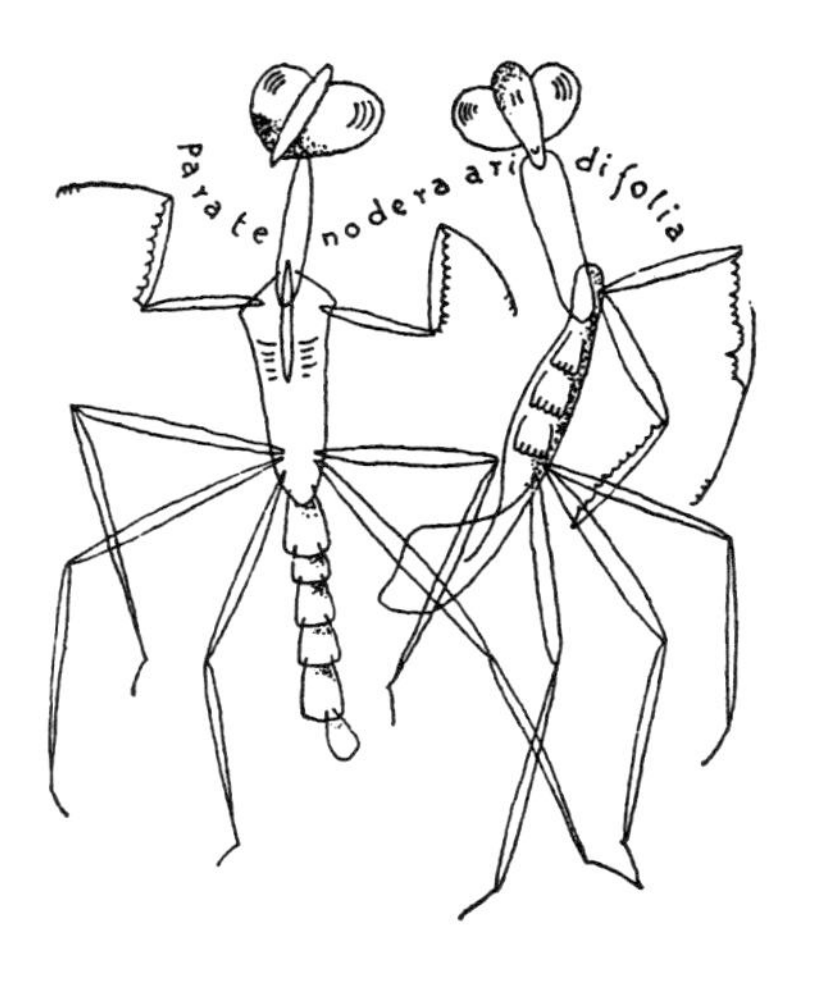
paratenodera aridifolia

原子力と思考

朝の放送で、英国の古い歌を聞いた。その歌の伴奏に使われていたリュートやチタローンの音がまだ耳に残っているが、夜になってからねむ気ざましにコーヒーを二杯飲んだ場末の喫茶店ではウクレレの音がしていた。

僕は不安について考える時には、大分前から必ずといってよいくらいこれらの楽器の響きが思い出される。イングランドの昔に「浮いたなさけ」のたぐいの抒情味がぽたぽた垂れるような歌謡を歌っていた人たちの日々を想像してみると、その生命は少しも安全ではなかった。それはギターやウクレレの音を、一日の中にこんなにも沢山聞かなければならないのは僕たち以上に危険であったような気もしたのである。そして僕は、これまで、しばしば現代の不安について書かされる毎に、不安を自分から肯定してかかってよいものかどうか分らなくて困った。

なぜならヨーロッパの不安の哲学を正直に解説してみたところで、僕たちの漠然とした不安と疎通するものを見付けにくかったからである。

シェストフやキェルケゴールが、一九四〇年以前のある時期に読まれたと同じように、それらの不安の哲学の系列に加わるものがもう一度読まれたことは、日本の知識階級のうちにあらわれた現象としては不思議でもなく解釈はつけられる。勿論、キェルケゴールの「不安の概念」の中で行われている心理分析が直接に僕たちに役立った訳でもないし、「死に至る病」の絶望こそ、僕たちの絶望と実によく似ていると思うことによって、これらの思想が流行したというのではない。日本に輸入された不安や絶望の概念からは、何か生れることを期待されながら、少くとも華々しい姿では何も生れなかった。どんな思想でも文学のようには移植することは出来ない。絵画のようには模倣ですまし切れるものではない。

しかし、僕たちには、不安を大きく問題とするような哲学を受け入れたいと秘かに身構えるだけの関心はあった。何故なら、僕たちは全く不安がなかった訳ではなかったし、その不安の芽生えそのものが、何か自分にも、お互いの間でも納得しにくく、また、それをどんな言葉で表現してよいか、むつかしいものであった。それはいわば、それと知らずに形而上学の世界に入っていたようなものだ。だから無限の宇宙の永遠の沈黙を感じて恐怖におちいったパスカルもなんとなくよくわかった。けれどもこの二十世紀的とも時には呼ばれる不安を、心理学や時には病理学からの説明によって考えたならば、案外その摘出がうまくいったかもしれない。それによって不安は癒されず、もっと大きくなってしまったかも知れないが、しかし秩序を自分のものにすることによって、もっと早く形而上学の世界から、実証の可能な世界へ舞い戻っていたことだろう。

　ところが、不安の根源について、病理学者は「無」という命題を持ち出し、これが実存哲学の根本の問題と合致したからといって、僕たちの不安そのものはどうなる訳でもなかった。けれども、ビキニの実験以来の僕たちの不安は、多くの虚像を伴った不安とは全く質の異うものである筈である。肉体が破壊され、生命がおびやかされる不安である。目の前の事実として苦悶する人間を否応なしに見なければならない不安であり、自分の肉体にもその疼痛を充分に実感としてうけ取ることの出来るものである。その一つの証拠にもなると思うが、実存主義の流行から精神的動揺をおこして自殺をした者がどれくらいいるかわからないが、放射能というものについての単なる不安から気の狂った者が、今病院の窓から空を眺めておびえている。この精神病患者は直接自分が「死の灰」の被害を受けたわけでもない。ただ毎日の、これに関する報道に接している中に発狂したのである。

僕たちの周囲から今後、この種の犠牲者が出る可能性はうすれて行かない。だがこの発狂者を、ただ臆病な人間として嘲うことが出来るだろうか。この正直な犠牲者、僕たちの不安をもっともはっきりした形で見せてくれたこの発狂者は、直接の被害者以上に僕たちの不安を大きくする。

この放射能障害の事件以来、ぼくたちは、科学者たちのそれぞれの意見や説明を、他人事のようには聞けなかった。そしてまた直接この事件の交渉にあたらなければならない政府の人々の、あいまいな無責任な、腹の底まで分るような愚かな言葉に呆れた。しかし呆れているだけではいけない。これらの人々に対して怒りを示すことも当然なのだが、僕たちは自分たちの属する国の政治家や外交官や大臣が、どういう心の持主であるかを知ってしまった以上、何をすればよいのか。

僕は無論そのことも気になるが、その前に僕たちの問題として、まだ考えなければならないことが沢山残っていると思う。例えば、このような事件を笑って忘れようとする誘惑もある。水爆やガイガーや灰などは、漫画家の扱うテーマにもなり得る。そこから一口ばなしも作ることが出来る。そして今僕たちは、それを毎日、見たり読んだりして、笑いのうちに、不安の情緒をほぐそうとしている。勿論それも、僕たち個人個人の恐怖の度合によって、癒されるものと、更に不安をつのらせるものとあるが、この不安の情緒が何であるかをよく知る為に、容易な転換を試みようとするのは、慎まなければならない逃避である。

人間は忘却という全く副作用のないらしい薬をのみ下すことによって、逃避をつづけながら、生命を存続させている。またその薬を必要以上に乱用することによって、明暗の度の鮮かな人生を辿る術も知っている。しかし忘れてはならないものもある。何もかも忘れてしまうのがよいことではない。

僕はこれまでの、実存的不安が、求められほしがられた不安だと思うし、この新たな不安は、そこから抜け出そうとする不安であると思う。そこを抜け出すことなしにとどまっていれば、そのことによって、もう再び正常な状態へは戻れないような精神病におそわれる不安である。

ここで僕たちが自ら人間の条件を放棄することは用心しなければならないが、恐怖の実感を正直に味う(あじわ)ことも必要なのである。そのために勇気も持たなくてはならないし、意地も張らなければならない。そして、これは今の僕たちには実につらい努力なのだが、この不安の中から、人間の善意を信ずることができるような、僅かな光を正確に見届けたいのである。すがりつく糸としてではなく、人類の新しい信頼の道として。

（一九五六年　四一歳）

註

食べる姿

1「『倭漢節用無雙嚢』」蘆田（九如館）鈍永筆、大森披雲画、天明四（一七八四）年〜寛政十一（一七九九）年に京都で出版された、いわゆる絵入り百科事典。

命を削る鉋

1「ラルス百科事典」フランスの文法学者P・ラルースが一八五二年に創立したラルース書店が刊行する各種各分野別辞典群の一つで、フランスの代表的百科事典。**2**「『百科全書』」ディドロを中心に編纂されたフランスの百科事典。一七五一年第一巻刊行以降、一九八〇年に全三十五巻完結。フランス啓蒙思想の集大成とされる。**3**「『楚辞』」春秋戦国時代の楚（〜前二二三年）の屈原およびその門下らの詩や歌謡を集めた書。漢の劉向による編とされる。**4**「管子「桓公惕然大息」」春秋時代の法家の祖・管仲（〜前六四五）に託して書かれた後世の書『管子』の一節。桓公は斉の君主で、管仲や鮑叔牙を用いて富国強兵に努めた。惕然はおそれ慎むようす。**5**「列子「公儀伯長息退席」」春秋戦国時代の道家・列子の撰とされる書の「仲尼篇」の一節。怪力で知られた公儀伯が王に招かれ、もてなされた際に謙遜して居住まいを正した時のようす。

死に到る嘴

1「『正字通』」明の張自烈（一五九七〜一六七三）が著した字書。十二巻。**2**「『倭名類聚抄』」平安時代の漢和辞書。源順撰。分類体で、一種の百科事典的な性格をもつ。**3**「『正法眼藏随聞記』」鎌倉時代の仏書で曹洞宗の根本宗典。六巻。一二三一〜五三年に道元が記したものを没後に弟子が整理した。

新奇な思考の試み

1「悉曇学」サンスクリット（梵語）を表記する書体・悉曇

に関する学問。日本では仏典の伝来とともにインドを代表する文字と考えられ、とりわけ密教で盛んに学ばれた。

手先の知恵

1［ブルーノ・ムナーリ『機械』］デザイン本や絵本などを数多く著わしたイタリアの美術家ムナーリ（一九〇七～九八）が、数々のナンセンスな装置を紹介した本。一九四二年刊、邦訳は七九年に筑摩書房より刊行。

知ることについて

1［ブレーズ・パスカル］フランスの哲学者（一六二三～六二）。著書『パンセ』は「思想」「思考」の意味。串田は旧制中学の頃に古本屋でみつけた原著をいつも勉強机に置いていたという。後年、自書のタイトルにも用いている。

望診

1［『病草紙』］平安時代末～鎌倉時代初期、「不眠症の女」や「風病の男」など人間のさまざまな病気のようすを描いた絵巻。**2**［木下杢太郎］詩人、劇作家、医学者（一八八五～一九四五）。本名太田正雄。詩、小説、美学、紀行、医学など幅広い分野に業績を残した。

隠れている姿

1［ジョルジュ・ブラック］フランスの画家（一八八二～一九六三）。ピカソとともにキュビスムを創始。**2**［パピエ・コレ］papier collé（仏）は「何かを糊付けした紙」、貼紙の意。紙誌などの印刷物など文字や写真入りの紙片、壁紙、包装紙などの貼合せ。

消ゴム彫り

1［『印人伝』］篆刻家に関する書籍。主なものに中国・周亮工『印人伝』や汪啓淑『続印人伝』、日本・中井敬所『日本印人伝』や伏見冲敬編『印人伝集成』などがある。**2**［『飛鴻堂印譜』］清の汪啓淑による印譜。全五十巻。一七四七年。飛鴻堂は汪啓淑の居室。

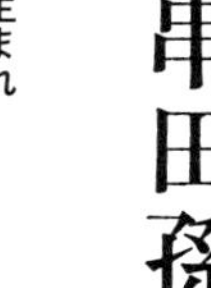

串田孫一

くしだ・まごいち（一九一五〜二〇〇五）
哲学者、詩人、随筆家、小説家

生まれ

大正四（一九一五）年十一月十二日、串田萬蔵（三菱合資会社銀行部長）と婦美の長男として生まれる。自宅は東京市芝区西久保明舟町。お茶の水幼稚園入園の年に移った神田区駿河台の家屋は関東大震災で全焼した。以後は疎開期を除き、生涯を都内で暮らす。

戦争と「腐儒瓦全」

昭和二十（一九四五）年三月、美枝子夫人や息子らと山形県新庄に疎開。翌月、空襲で巣鴨の自宅が焼失、蔵書や日記が灰となる。終戦後も新庄で冬を越す。師・渡辺一夫の言葉「腐儒瓦全（役に立たない学者として大したこともせず生きながらえる）」を自らも唱えた。なおこのころ頃からか（?）猿股にかえて夫人手縫いのふんどしを終生、愛用した。

日記八十年

小学校二年の時に父親がくれた手帳を皮切りに生涯日記をつけた。二十七冊目までを空襲で焼失したが、「戦争中は一行幅に二列ずつ軍部や国の悪口」、日常の出来事や「うらみつらみ」も書きつづけ、八十年間で百二十冊を超えた。

山

十歳のころ登山家の槙有恆と雪山を歩いて以来、山行に精を出し、傍ら紀行文集『山岳』を執筆・製本するなど、若き日、一緒に登っていたいとこが戦死してからしばらく遠ざかっていたのを除けば、生涯山との関わりは続いた。昭和三十三（一九五八）年に創刊した山の芸術誌『アルプ』やロングセラー『山のパンセ』ほか、山に関する編著も多い。

多面体

この人を一言で言い表すことは難しい。哲学者、小説家、画家、大学教授、翻訳家、ハープ奏者……、また人生相談相手やラジオパーソナリティとしても活躍した。自らの詩の朗読、語り、クラシック音楽で構成するラジオ番組「音楽の絵本」（前身は「夜の随想」）は約三十年間、千五百回続いた。

書斎

お気に入りの文具で原稿や日記や葉書を綴り、絵を描き、印や版木を彫り……書斎で終日楽しめる〝手仕事〟好きだった。数々の自著装幀も勿論ここで。合間には手ずから珈琲を淹れ、家族や来客とお喋り、雑巾がけや表の掃き掃除もした。その書斎は北海道斜里町の「北のアルプ美術館」に復元されている。

もっと串田孫一を知りたい人のためのブックガイド

『アルプ 特集 串田孫一』山口耀久ほか編、山と渓谷社、二〇〇七年
「串田孫一と63人の魂の交歓」と銘打ち、生前に交流のあった矢内原伊作、遠藤周作、鶴見俊輔、秋山ちえ子、草野心平、亀井勝一郎、宇佐見英治ら多彩な顔ぶれが披露する串田孫一像。

『新選 山のパンセ』串田孫一著、岩波文庫、一九九五年
四十代の串田孫一が四季にわたり山にまつわる体験や思索を詩的な文体で綴った随想集。山行という行為と言葉の世界が独自の感性で見事に融合した名著。人気シリーズとなった単行本三冊から著者自身が選び再編した。

『文房具56話』串田孫一著、ちくま文庫、二〇〇一年
使う者の心をときめかせ、創造の源泉となる文房具。帳面、消ゴム、定規、鉛筆、筆入から、下敷き、ペン先、吸取紙、謄写版など馴染み薄いものまで、著者がこだわりを抱いた文具についての想い出や新たな発見、工夫や悦びを紹介。ちなみに串田の日記帳は丸善で調達された。

『串田孫一集』全八巻、筑摩書房、一九九八年
山や自然、音楽などに関する各種随想はもちろん、目にする機会の少ない初期の小説や日記抄録、長期にわたった人気連載「博物誌」など、各巻毎に味わいが異なる。串田孫一の生涯の著作は四百冊を超えることもあり、生前に編まれた選集として重宝。

『記憶の道草』串田孫一著、二〇一五年、幻戯書房（銀河叢書）
生誕百年を記念して、著者が晩年に新聞や雑誌などに寄せた百の文章を精選、集成。著作集に未収録でもあり、ファンには垂涎の一冊。

＊自装が多い串田孫一の著書にはこの他にも品切れや絶版になっている魅力的なもの（非売品も含む）は数多い。図書館や古書店で興味のあるものから一冊ずつ探し出して味わうのもまことに楽しい営みである。

本書は、「死に至る曦」「寒月の下の躓き」「四辺形の揶揄」「望診」「隠れている姿」は『思索の遊歩道』（春秋社、一九九六年）を、他は『串田孫一集』（全八巻、筑摩書房、一九九八年）を底本としました。

表記は、旧字旧かなもそのままとし、読みにくいと思われる漢字に適宜ルビを加えました。

なお、本文に記した執筆年齢は満年齢です。

装画・カット　串田孫一

STANDARD BOOKS

串田孫一　緑の色鉛筆

発行日——2016年6月17日　初版第1刷
2019年10月29日　初版第4刷

著者——串田孫一

発行者——下中美都

発行所——株式会社平凡社
東京都千代田区神田神保町3-29 〒101-0051
電話（03）3230-6583［編集］
（03）3230-6573［営業］
振替 00180-0-29639

印刷・製本——シナノ書籍印刷株式会社

編集協力——大西香織

装幀——重実生哉

ISBN978-4-582-53156-5
NDC分類番号914.6　B6変型判（17.6cm）　総ページ224
平凡社ホームページ https://www.heibonsha.co.jp/

STANDARD BOOKS　刊行に際して

STANDARD BOOKSは、百科事典の平凡社が提案する新しい随筆シリーズです。科学と文学、双方を横断する知性を持つ科学者・作家の珠玉の作品を集め、一作家を一冊で紹介します。

今の世の中に足りないもの、それは現代に渦巻く膨大な情報のただなかにあっても、確固とした基準となる上質な知ではないでしょうか。自分の頭で考えるための指標、すなわち「知のスタンダード」となる文章を提案する。そんな意味を込めて、このシリーズを「STANDARD BOOKS」と名づけました。

寺田寅彦に始まるSTANDARD BOOKSの特長は、「科学的視点」があることです。自然科学者が書いた随筆を読むと、頭が涼しくなります。科学と文学、科学と芸術を行き来しておもしろがる感性が、そこにあります。

現代は知識や技術のタコツボ化が進み、ひとびとは同じ嗜好の人としか話をしなくなっています。いわば、「言葉の通じる人」としか話せなくなっているのです。しかし、そのような硬直化した世界からは、新しいしなやかな知は生まれえません。

境界を越えてどこでも行き来するには、自由でやわらかい、風とおしのよい心と「教養」が必要です。その基盤となるもの、それが「知のスタンダード」です。手探りで進むよりも、地図を手にしたり、導き手がいたりすることで、私たちは確信をもって一歩を踏み出すことができます。規範や基準がない「なんでもあり」の世界は、一見自由なようでいて、じつはとても不自由なのです。

このSTANDARD BOOKSが、現代の想像力に風穴をあけ、自分の頭で考える力を取り戻す一助となればと願っています。

末永くご愛顧いただければ幸いです。

2015年12月

ロゴマークデザイン：重実生哉